La drôle de vie de Bibow Bradley

AXL CENDRES

La drôle de vie
de Bibow Bradley

ÉDITIONS
SARBACANE

35, rue d'Hauteville, PARIS Xᵉ
2012

DE LA MÊME AUTRICE

– *Aimez-moi, maintenant* (Sarbacane, coll. EXPRIM', 2008)
– *Mes idées folles* (Sarbacane, coll. EXPRIM', 2009)
– *Échecs et but !* (Sarbacane, coll. EXPRIM', 2010)
– *Les maux du cœur* (Sarbacane, coll. Mini-romans, 2011)
– *Le secret d'Esteban* (Sarbacane, coll. Mini-romans, 2012)
– *Dysfonctionnelle* (Sarbacane, coll. EXPRIM', 2015)
– *Cœur Battant* (Sarbacane, coll. EXPRIM', 2018)

À l'Oiseau Bleu

Bande-son

- ELVIS PRESLEY, *Heartbreak Hotel*
- GENE VINCENT, *Over The Rainbow*
- THE BEATLES, *Twist And Shout*
- THE ANIMALS, *House Of The Rising Sun*
- THE DOORS, *Whisky Bar*
- THE MAMAS & THE PAPAS, *Dream A Little Dream Of Me*
- JOE COCKER, *With a Little Help From My Friends*
- JEFFERSON AIRPLANE, *White Rabbit*
- JANIS JOPLIN, *Piece Of My Heart*
- CREEDENCE, *Fortunate Son*
- SLY AND THE FAMILY STONE, *I Want To Take You Higher*
- COUNTRY JOE MACDONALD, *Fixing To Die Rag*
- TEN YEARS AFTER, *Going Home*
- JIMI HENDRIX, *Star Spangled Banner*
- SERGE GAINSBOURG, *Quand mon 6.35 me fait les yeux doux*
- FAITH NO MORE, *Easy*

.

*

Ma putain de vie, je l'ai racontée mille et une nuits, dans c'pub pourri, torché comme pas permis, à plein de vieux poivrots qu'en avaient rien à battre. C'est là-bas que j'ai traîné tous les jours et tous leurs soirs, pendant vingt-cinq ans, en bon vieux poivrot que j'étais moi-même devenu. À presque cinquante balais, j'y emmenais mon gros bide et ma tête assortie dès que j'ouvrais l'œil, dans c'pub pourri !

Un bon vieux pub pourri d'une foutue banlieue anglaise ; une foutue banlieue anglaise avec ses baraques en briques crevassées, son satané ciel délavé, ses usines vides, son froid gris et ses pochtrons rougeauds… Une ville comme y en a des centaines en Angleterre.

Les poivrots faisaient semblant de m'écouter, mais ça explosait les yeux que la seule préoccupation de ces connards, c'était de pouvoir tenir en équilibre sur leurs tabourets branlants… quand l'un d'eux tombait d'un coup badaboum, je pensais à l'aider, et puis finalement non. Et pendant que les autres pochtrons essayaient de le relever, j'me demandais pourquoi que je me fatiguais à la raconter à des types pareils, mon histoire ? Et je me disais qu'un jour, j'la raconterais à des gens qui peuvent s'en rappeler le lendemain.

Alors voilà, j'vais vous la raconter ma putain d'histoire ! Et si vous m'croyez pas, eh ben j'm'en bats les couilles ! Parce que le mec qui vous parle, le mec qui va vous raconter son histoire, c'est le mec qu'a p'têt bien changé le cours de l'Histoire… Rien que ça !

1

Ça a débuté comme ça

Été 1947.

Planète Terre, États-Unis, Illinois, ville paumée du nom de Franklin Grove.

Franklin Grove, son kilomètre carré, ses sept cents habitants, ses quatre églises pour une seule librairie ; et son bar à tocards, le *Bradley's and son*.

Ça s'est passé dans une des chambres que le patron louait au-dessus : une pouffe à peine sortie de l'adolescence qui poussait poussait poussait, et moi qui sortais d'elle en gueulant à la mort — et par les pieds d'après ce qu'on m'a raconté, comme si j'voulais déjà partir d'ici en courant.

Fils de Martha et Robert Bradley. Mes parents s'étaient rencontrés en ville, ma mère était une gamine facile qui se faisait sauter par à peu près tout ce qui pouvait, et mon père a réussi un seul truc dans sa vie : c'est le premier à l'avoir engrossée. Ils avaient dans les dix-sept ans, mais y avait pas l'avortement et tout à l'époque.

Le gars qu'allait devenir *mon père* travaillait déjà, depuis deux ans, dans le bar de son père, le *Bradley's*, qui était devenu depuis le *Bradley's and son*.

J'étais donc le premier môme de ce couple de merde, et j'en ai fait une famille... de merde.

On a installé la mère et le gosse à l'étage au-dessus du bar, et voilà comment j'ai vécu les premières années de ma vie perché sur plusieurs litres d'alcool ! Les poivrots, je connais.

Bref, ma maman, l'ancienne pouffe, est devenue *une mère*. Une vraie, de celles qui vous font bouffer des légumes dégueu et qui vous demandent de dire bonjour à la dame. Par contre, niveau épouse aimante, y avait du boulot.

« Pas maintenant, Rob ! » qu'elle criait à mon père dès qu'il avait le malheur de l'ouvrir.

Et s'il sortait quand même sa connerie, ma mère se mettait à soupirer en roulant les yeux au plafond. La seule personne qui avait droit à son affection, c'était moi ; enfin, pas vraiment moi...

« Ce sont que des idiots hein, elle me murmurait dans l'oreille en me serrant fort. Y a que toi qui me comprends, *Marylin*... »

En fait ma mère voulait une fille, j'en étais pas une mais ça, c'était pas son problème. Des fois, quand on était tout seuls le soir au-dessus du bar, elle jouait à me maquiller la bouche et les joues avec du rouge.

« Oh, Marylin ! Comme tu es belle, ma Marylin ! »

Je parlais à peine donc impossible de protester. Et elle avait bien plus de force que moi donc inutile de résister.

Début 1950, Joseph McCarthy, sénateur du Wisconsin, entreprend sa grande traque anti-communistes. En misant sur la paranoïa du bon peuple américain, il a tiré le gros lot : pas une semaine sans que quelqu'un ne débusque un agent communiste dans son jardin.

L'été de la même année, mon père est parti pour la guerre de Corée. Le soupir qu'a poussé ma mère ce jour-là ne ressemblait pas aux autres, on aurait dit qu'on l'avait débarrassée d'une valise lourde remplie de machins sans importance.

Durant cette période, il arrivait souvent qu'en entrant dans sa chambre très tôt le matin, je remarque des jambes poilues qui dépassaient de ses draps... des poils bruns, blonds, et même une fois des roux !

Si je la secouais pour la réveiller, elle posait un index en travers de ses lèvres pour me dire de la boucler, et elle pointait l'autre vers la porte pour me dire de me barrer.

Alors je restais en bas avec mon grand-père crétin et ses potes poivrots ; j'écoutais leurs histoires. Ils parlaient de la guerre, du communisme ou de, je cite : « cet enculé de président *Truman* ! » Car selon mon grand-père : « S'il avait eu des couilles, il leur aurait balancé c'te putain d'bombe atomique depuis longtemps ! Y a que ça pour les calmer, les Jaunes ! »

Mon grand-père était borgne ; à ce qu'il racontait, il avait perdu son œil pendant le débarquement de Normandie, en 44. Il portait fièrement un bandeau de pirate et déballait son histoire au moins deux fois par semaine… Elle changeait à chaque fois, évidemment. Les tocards aiment bien raconter des bobards.

À part les bobards, y a aussi les âneries ; et le champion dans cette catégorie, c'était un poids lourd nommé Lou, qui venait se remplir de bourbon dès que le bar ouvrait. Lou avait un ventre énorme tout prêt à exploser en arrosant les murs d'alcool, pour peu qu'on lui balance une allumette dans la bouche ; et Lou avait un avis débile sur tout et n'importe quoi – surtout sur n'importe quoi. Lou parlait beaucoup, je l'écoutais même si je comprenais pas trop ce qu'il racontait.

Un jour, je lui ai demandé :

« Dis Lou, où c'est qu'elle est la Corée ? »

« J'en sais rien moi ! qu'il m'a répondu en haussant les épaules. J't'en pose des questions ?! »

« Queque part en Chine ! » a dit quelqu'un.

Les crétins des p'tites villes américaines sont pas très doués en géographie, en général. Faut dire que par chez nous, quand on entend parler d'un pays, c'est qu'on est en guerre avec.

Mon père est revenu un an plus tard, il avait perdu une jambe et gagné une médaille. Je savais pas vraiment ce qu'il avait foutu là-bas mais tout le monde était fier de lui… enfin, tout le monde sauf ma mère, qui tirait la gueule comme pour un enterrement.

Peu de temps après le retour de Robert, le ventre de Martha s'est mis à gonfler.

Un soir, le médecin est venu. Je suis resté au bar avec mon grand-père, j'entendais ma mère crier de là-haut. Au petit matin, on est allés la voir, elle était allongée et elle rayonnait comme un soleil levant en nous présentant un petit jouet qui bougeait pour de vrai : Marilyn, ma sœur.

J'crois bien que personne n'a jamais su qui était vraiment le père de Marilyn, pas même sa mère. Une chose est sûre : après sa naissance, c'était comme si j'existais plus. Ma mère avait enfin sa *vraie* poupée, alors elle m'a fichu la paix avec son maquillage ; j'étais plutôt content, à part que j'avais maintenant droit aux mêmes soupirs que mon père dès que j'avais le malheur de l'ouvrir, sans compter que j'avais pas intérêt à approcher Marylin de trop près avec mes *sales mains pleines de microbes*.

Ces premières années de ma vie, passées à traîner autour du bar, je me disais qu'il devait bien exister quelque chose de différent, autre part.

2
1953-1964 : Les années d'merde !

Au fait, mon nom à moi, c'est Robert Bradley. Je dis *à moi* mais je devrais plutôt dire *à nous*, puisque c'est aussi celui que portait mon père, de même que mon grand-père.

Moi j'aimais pas trop l'idée. En plus, j'ai hérité du surnom le plus nul : mon grand-père se faisait appeler Bob ou Bobby, mon père Rob ou Robby, et moi… ils ont eu cette idée de chiotte de me surnommer… Bibow ! Jamais entendu un surnom aussi ridicule que celui-là… J'ai essayé de m'en débarrasser, mais les tocards ont la tête dure comme un œuf. Je voulais même bien qu'on m'appelle juste « Robert », ça j'aurais pu m'y faire, mais il en était hors de question. Nous autres, on a des prénoms que pour faire joli, personne s'appelle par son prénom en Amérique. Si tu t'appelles Stanley ce sera Stan, Albert

ce sera Al, William ce sera Will – ou Bill, pour une raison que tout le monde ignore. Alors pour moi c'était
Bibow, et j'pouvais rien y faire.

Comme je l'ai dit, j'ai passé les premières années de
mon existence à traîner autour du bar. Quelques évé-
nements ont ponctué ces années d'merde :

1953 :
Au cours de l'été, quelques jours avant mon anni-
versaire, les époux Rosenberg sont exécutés sur la
chaise électrique de la prison de *Sing Sing*. Ils étaient
accusés d'avoir livré aux Soviets des secrets atomiques
en provenance du labo où ils travaillaient. Le Mac-
carthysme avait porté ses fruits – pourris.

1954 :
En février, le *Bradley's and son* s'équipe d'une
grande télévision qui ravit tous les tocards.
En avril, mes parents s'aperçoivent qu'ils ont oublié
de m'inscrire à l'école. Je surprends une conversation
animée entre eux.
« J'peux pas m'occuper de tout ! » criait ma mère.
« J'pensais qu'il avait cinq ans ! » protestait mon
père.
Le lendemain, dans le bureau du directeur – un
moustachu aux grosses lèvres pour qui tout semblait

être un problème grave –, mon père a prétexté une maladie contagieuse.

« On voulait pas qu'les zaut' gamins l'attrapent, comprenez ? »

Le directeur comprenait, mais il soufflait comme pour dire qu'on était en présence d'un obstacle infranchissable.

« C'est trop tard, il a lâché en s'essuyant le front. On doit attendre la rentrée prochaine. Ramenez-le-moi le premier lundi du mois de septembre. »

En mai, la France se « fait baiser par les Viets !!! » Mon grand-père commente : « Connards de Français d'merde ! Déjà qu'i z'ont pas pu s'débarrasser des boches tout seuls ! »

Du plus loin que je m'en souvienne, mon grand-père a toujours eu une haine profonde des Français.

Début septembre, la télé diffuse pour la première fois le concours de beauté *Miss America*. Les clients du bar s'entassent pour regarder le défilé de ces filles qui sourient avec la bouche mais pas avec les yeux, découvrant des dents aussi blanches que celles qui m'entouraient étaient brunes, quand elles étaient encore là.

Au moment où les candidates ont défilé avec leur maillot de bain une pièce qui descendait jusqu'aux hanches mais laissait voir leurs jambes entières, le bar aurait pu être bombardé que personne n'en serait sorti.

Septembre toujours.

Le matin de ma rentrée, comme tout le monde dormait, j'y suis allé tout seul.

Dans ma classe, j'étais plus grand que les autres, j'avais pas de cartable ni de cahier, et on avait entendu dire que j'avais été mis en quarantaine suite à une maladie contagieuse… autant dire que les camarades se sont pas bousculés.

Mademoiselle Kingsley, notre institutrice qui n'avait de demoiselle que le nom, m'a tout de suite identifié « crétin », parce que je savais pas lire un mot ; faut dire que chez moi, à part ceux marqués sur les étiquettes des bouteilles, j'en voyais pas beaucoup des mots.

« Tu sais même pas écrire ton nom ?! » elle m'a demandé bien fort.

« Ça commence avec la lettre pareille que celle du Bourbon, j'ai dit. Celle qui ressemble à des seins. »

Dans la salle du bar, c'est seulement en me voyant, quand je suis rentré à l'heure du déjeuner, qu'on s'est aperçu que j'avais disparu toute la matinée.

Il y a eu un moment de silence.

« Bibow ! a crié d'un coup ma mère en exagérant sa réaction, où est-ce que t'étais passé ?! »

« À l'école, j'ai répondu, c'était le jour de la rentrée. »
Nouveau silence.

« Mon institutrice a donné ça », j'ai ajouté en lui tendant un bout de papier.

C'était une convocation, pour mon *langage inadmissible*. Mon père y est allé, et il est revenu en traitant Mademoiselle Kingsley de salope de merde.

Il m'a pas engueulé cette fois-là, ni celle d'après pour mes mauvaises notes ; faut dire que la scolarité, c'était pas la priorité chez les Bradley. Quand je revenais de l'école avec ma copie de dictée raturée en rouge de partout, mon père, Rob jambe de bois, la regardait en faisant vaguement semblant de la lire et mon grand-père, Bob le borgne, posait sur moi un œil plein de fierté.

« Chez les Bradley, on travaille pas avec sa tête ! » qu'il disait en me tapant dans le dos.

Et quand, à la fin de l'année, je leur ai annoncé que je redoublais, ils m'ont offert une bicyclette.

C'est comme ça que j'ai commencé mon premier job d'été : livreur du *Bradley's and son*.

En fait de livraisons, il s'agissait surtout d'alcool. Certains habitants devaient trouver ça *inconvenable* de venir se soûler au bar, alors ils préféraient le faire chez eux. Et le dimanche après-midi, jour où le bar était le seul endroit ouvert de la ville, le téléphone criait jusqu'à plus soif.

Parmi mes clients réguliers, il y avait Madame Hodgson, une femme-éléphant en robe de chambre et bigoudis, qui guettait mon arrivée derrière ses rideaux roses. Pour elle, c'était trois œufs et une bouteille de cognac.

« Tu me sauves la vie, mon petit ! qu'elle me disait en sortant de chez elle. J'ai *absolument* besoin de ces œufs pour mon gâteau... »

Elle se tapotait le front avec la paume de la main.

« Je ne sais pas où j'ai la tête, j'ai encore oublié d'en prendre hier ! »

J'imagine qu'aussitôt rentrée, elle devait balancer la boîte d'œufs sur son canapé avant d'y siroter sa bouteille et, qu'à force, il devait y avoir dans son salon plus d'œufs que dans un poulailler.

Je passais ensuite chez notre pasteur, le révérend Walden, qui avait besoin d'un litre d'alcool de mûres *pour nettoyer l'orgue de son église.*

Et puis il y avait la belle-sœur de Lou, Lilly, dont le mari était mort à la guerre et qui me recevait en petite tenue. Elle carburait au vin, Lilly, et me payait en me montrant ses seins, parce que j'étais censé être payé en pourboires et que c'était tout ce qu'elle avait. J'allais pas faire fortune avec elle, pas plus qu'avec les autres : Madame Hodgson ne savait pas où elle avait la tête, mais elle avait encore oublié de faire de la monnaie en même temps que les œufs, et le révérend Walden, qui ne voulait pas me pervertir avec de l'argent, m'offrait à la place un verset de la Bible récité à la vavite.

Quand j'avais plus personne à livrer, j'enfourchais ma bicyclette et à défaut de faire le tour du monde, je faisais celui de la ville ; dans un sens, puis dans l'autre. Bien sûr j'aurais pu m'enfuir, mais pour aller où ?

★★★

1956 :

En septembre, première apparition d'Elvis Presley à *l'Ed Sullivan show*. Ses déhanchements font jaser dans Franklin Grove, et je crois apercevoir de la salive au creux des lèvres de ma mère lorsque le futur *King* balance ses reins d'avant en arrière.

Par moments, j'entendais ma mère fredonner *Heartbreak Hotel* – mais seulement quand on était seuls. Les crétins du bar n'aimaient pas trop Elvis.

Un soir d'hiver, un tocard prend le bar pour un saloon de western et brandit son arme ; soi-disant quelqu'un l'aurait « entubé aux cartes ». Visiblement il sait pas bien s'en servir, vu que le coup est parti tout seul, BAM ! et tous les clients, lui compris, se jettent au sol et se réfugient sous les tables.

De la poussière s'est mise à tomber du ciel, la balle s'était logée dans le plafond.

Une fois le calme revenu, on se demande si j'ai pas des problèmes d'audition ou quoi, étant donné que je suis le seul à pas avoir réagi au bruit ; mais on m'oublie quand l'auteur du tir offre une tournée générale pour se faire pardonner du dérangement.

1957 :
Marilyn perd sa première dent de lait.

Comme son passe-temps favori était de me mordre, et de préférence le mollet, elle se met à pleurer en criant que Bibow lui a « jeté un sort de sorcier ! »

« Mais non… » la console ma mère en me jetant un regard accusateur.

« Tu en auras bientôt une toute neuve… »

En effet, mes mollets s'en souviennent.

Je me posais un tas de questions à propos de la guerre et du communisme ; sauf que personne dans cette ville n'était capable d'y répondre clairement. J'essayais de comprendre en lisant le journal mais, décidément, j'étais pas doué avec les mots.

À dix ans, la seule information claire que j'avais pu récolter était que les États-Unis étaient allés en Corée pour soutenir les Sud-Coréens, capitalistes. Le Nord, communiste, les avait attaqués.

Pourquoi les Américains se mêlent des affaires des Coréens ? Pourquoi on veut tellement combattre les communistes ? Et surtout, qu'est-ce que le communisme a de si mauvais ?... étaient les questions que je me posais tout le temps. J'ai bien amorcé une tentative avec cette salope de merde de Mademoiselle Kingsley, mais elle m'a dit d'aller d'abord apprendre à lire correctement !

1958 :
Elvis Presley part effectuer son service militaire en Allemagne. Je crois bien que ma mère a été plus triste ce jour-là que le jour du départ de mon père pour la Corée.

Beaucoup de gens pensent aujourd'hui qu'Elvis a été écarté volontairement des États-Unis, par le gouvernement, à cause de l'influence qu'il avait sur *la jeunesse américaine...* Eh bien, ceux qui pensent ça doivent pas avoir tout à fait tort — je parle en connaissance de cause.

1959 :
Je rêve des seins de Lilly, la belle-sœur de Lou, et je me réveille avec un truc gluant qui colle dans mon slip.

Quel goût ont les seins des femmes ? Quelle odeur ont leurs cuisses ? Et surtout, qu'y a-t-il exactement entre leurs jambes ?... sont les nouvelles questions que je me pose. Bizarrement, à peine formulées, ces questions-là trouvent leurs réponses le jour même au bar. Les crétins adorent monter qu'ils savent plein de trucs sur le cul.

« L'important, on m'a conseillé, c'est de mettre les voiles pendant qu'elles roupillent ! »

1960 :

Je me fais virer de l'école, où j'allais quand même de temps en temps, pour avoir traité Mademoiselle Kingsley de « suceuse de grosses queues poilues » – c'est Lou qui m'avait appris cette expression. Cette connasse de Kingsley m'avait ridiculisé parce que j'avais du mal à lire un texte, et c'est tout ce que j'ai trouvé à lui dire.

Le soir même, je passe pour un héros au bar ; et je me dis en me couchant, que ma vie ne peut prendre qu'un seul chemin : celui qui mène à devenir un tocard… comme le veut la tradition familiale.

1961 :

Un porte-avions américain transportant deux escadrilles d'hélicoptères débarque au Vietnam dans la ville de Saigon.

J'ai quatorze ans et je comprends que le Nord Vietnam, communiste, veut réunifier le pays en un État communiste. L'Amérique veut aider le Sud Vietnam, capitaliste.

Les questions que je me posais à dix ans restent sans réponse.

1962 :

Marilyn est retrouvée morte. Je parle de l'actrice hein, pas de ma sœur.

1963 :

Kennedy se fait assassiner à Dallas. Tous les crétins se rassemblent au bar pour regarder les images à la télé, et je soupçonne ma mère de pleurer juste parce que le joli tailleur de Jacky Kennedy – Jacqueline de naissance, mais ici c'était Jacky – était taché de sang.

Lou, débordant de bourbon, commente : « C'est pas une grosse perte ! » Et l'assemblée crétine est assez d'accord.

Ils n'aimaient pas Kennedy à cause de ce qu'il faisait pour les Noirs, c'était un secret pour personne. Lorsqu'un Noir s'est installé dans notre p'tite ville pourrie d'merde pour travailler à la librairie, ma mère m'a pris à part.

« J't'interdis d'aller là-bas, Bibow ! elle a dit en faisant les grands yeux. Les Nègres ne sont pas comme nous, ils ont des idées étranges ! »

Ouais, m'man… Toi tu déguisais ton fils en fille mais à part ça, tout allait très bien dans ta tête !

« C'est des putains de pervers ! renchérissait Bob le borgne. Ils vont à l'encontre des principes de Dieu ! »

Cette dernière phrase avait été apprise par cœur et bêtement, tout droit sortie d'un sermon du révérend Walden.

Citer Dieu tout le temps, les habitants de Franklin Grove adorent. Ils vont à l'église le dimanche matin puis rentrent picoler en cachette dans l'après-midi.

« *Sainte Marie, Mère de Dieu, priez pour nous, pauvres pochards…* »

Amen !

Moi, Dieu, j'y ai pas cru trop longtemps. Ça s'est passé comme pour le Père Noël. Un soir, à la veille de Noël, j'ai demandé à cet enfoiré de Père Noël de faire que je me réveille ailleurs qu'ici ; le lendemain, j'ai reçu un gant de baseball, alors j'ai arrêté d'y croire. Pour Dieu, pareil, il a jamais exaucé un seul de mes vœux, alors je l'ai largué lui aussi.

C'est drôle, si un type vous dit qu'il croit au Père Noël vous le prenez pour un fou, alors que s'il dit croire en Dieu tout le monde trouve ça normal… On m'a flanqué une rouste quand Marilyn s'est mise à chialer parce que je lui avais dit que le Père Noël n'existait pas. Est-ce qu'on m'en aurait foutu une si je lui avais dit pour Dieu ? Et surtout, est-ce qu'elle aurait autant chialé ? Ça reste un mystère.

Je pouvais parler de ces questions à personne. La seule préoccupation de la clientèle imbibée du bar était cette nouvelle série télévisée, *The Lone Ranger* ; certains devenaient hystériques dès que ça commençait. Moi je la trouvais sans intérêt, avec son héros masqué qui trottait sur son cheval blanc et ses morales à deux sous… Lou en revanche, il était scotché devant, parlant à la télé comme si les acteurs pouvaient l'entendre. Et quand le connard de justicier se mettait à galoper sur son cheval débile, Lou s'excitait : « Vas-y mon gars !! Plus vite !! » tout en tapant dans ses mains.

Bref. Je restais là, vu que j'avais nulle part ailleurs où aller, et je m'occupais comme je pouvais… Par exemple, j'observais tous les crétins en essayant de deviner lequel pouvait bien être le père de Marilyn, ce qui était plutôt compliqué vu qu'ils se ressemblaient tous. Lorsque je voyais mon grand-père Bob le borgne taper sur les fesses de ma mère pendant qu'elle essuyait les verres, je me demandais si c'était pas lui…

« Marilyn serait donc ma tante ? » je m'disais.

Après la mort de Kennedy, c'est Lyndon Johnson qui devient le nouveau président des États-Unis. Lou trouve qu'il a des oreilles d'éléphant.

J'étais encore puceau à cette époque-là. Pour mes seize ans, Lou a voulu m'emmener « voir » une de ses copines qui prenait dix dollars la passe ; mais l'idée de m'introduire dans un corps où la bite dégueulasse de Lou avait gigoté ne m'enchantait pas plus que ça. Je préférais encore me branler.

Face à mon refus, Lou avait analysé la situation avec sa finesse habituelle : « Y serait pas pédé, l'gamin ?! » C'est finalement avec une prostituée vietnamienne, à dix-huit ans, que j'ai perdu mon pucelage, mais je vous raconterai ça plus tard.

1964 :
Les Beatles classent cinq chansons aux cinq premières places du palmarès américain. *Can't Buy Me Love* et *Twist And Shout* ne quittent pas le tourne-disque du bar. Même si tous les crétins sont d'accord sur le fait que le « rock est la musique du Diable », aucun d'eux ne crache sur la vision de Marilyn qui, à douze ans, se déhanche comme une véritable petite pouffe ; dandinant son cul recouvert d'une simple petite culotte blanche, les soirs chauds et humides de juin.

Durant un de ces soirs, les États-Unis amorcent le bombardement du Nord Vietnam. Tandis qu'on regarde les images à la télé, mon grand-père pose la main sur mon épaule.

« Voilà ta guerre, mon p'tit ! »

3
The draft notice

En mars 65, les premiers Marines débarquent dans la ville de Da-Nang. À partir du mois d'avril, les soldats américains arrivent de plus en plus nombreux au Sud Vietnam.

Quelques jours après mes dix-huit ans, LA lettre est arrivée.

Un des inconvénients quand on est trois à porter le même nom, c'est qu'on ne peut pas savoir auquel est destiné un courrier. C'était mon grand-père, le Robert Bradley en chef, qui se chargeait d'ouvrir les rares enveloppes qui arrivaient à ce nom.

« Biboooow !! il a gueulé, ramène tes fesses par ici ! »

Et il a lu solennellement :

Ordre au rapport
Pour l'Examen Médical des Forces Armées

Vous êtes par la présente lettre
prié de vous présenter
à l'examen médical des Forces Armées
en vous rendant au centre nommé ci-dessous :

Chicago North Shore & Milwaukee Railroad
Waukegan, Illinois.
Le 8 Juillet 1965, à 7 heures.

« Ça mérite d'ouvrir une bonne bouteille de whisky ! »
il a déclaré.

Lou était assez d'accord.

Je me suis seulement dit que cette fois, pour sûr, on n'oublierait pas de se réveiller pour m'emmener – 7 heures du mat ou pas.

J'ai ensuite pensé que, puisque mon grand-père était revenu de sa guerre sans un œil et mon père sans une jambe, j'allais sûrement, pour compléter le tableau, revenir sans un bras…

Ils ont bu à s'en fendre l'estomac. À les voir contents comme ça, on aurait cru que je venais d'avoir un diplôme de médecin ou un truc dans le genre… Et pour eux, c'était un peu le cas : la guerre faisait forcément partie du parcours du parfait tocard.

Comme j'étais jamais sorti de ce trou à merde de Franklin Grove et que mon père avait du mal à se déplacer, c'est Bob le borgne qu'a décidé de m'accompagner à Waukegan.

« J'ai mis quelques dollars de côté, il m'a dit, l'œil débordant d'émotion. On prendra le train ! »

Mais Lou a eu une meilleure idée :

« On n'a qu'à y aller avec mon pick-up ! Garde tes biftons, on ira s'prendre du bon temps en ville après la visite médicale du p'tit ! »

Pendant les semaines d'avant le départ, tous les tocards du bar me tapaient dans le dos à chaque fois qu'ils me croisaient. Ma pouffe de mère mettait plus de viande dans mon assiette, et mon grand-père me disait de faire de l'exercice. Même cette peste de Marilyn était gentille avec moi, et elle avait cessé de me mordre les mollets… Fallait leur annoncer mon départ à la mort pour que cette tribu se rende compte de mon existence !

★★★

On est partis la veille au soir du rendez-vous. Waukegan n'était qu'à trois heures de route, mais le tas de ferraille de Lou pouvait pas dépasser les 60 km/h…

Y avait de la place pour trois à l'avant du pick-up Chevrolet, couleur bleu pourri. Le problème, c'était que Lou comptait déjà pour deux. Ils m'ont foutu au milieu, ça sentait le rance et le moisi, et quand j'ai découvert que le truc qui me gênait sous les fesses était un os de poulet, je me suis dit que vraiment, j'aurais préféré le train.

La voiture a toussé trois fois puis elle s'est mise à rouler, en penchant légèrement du côté de Lou.

Le borgne avait endossé son vieil uniforme pour l'occasion.

« Est-ce que j'vous ai raconté la fois que j'ai buté un escadron de boches à moi tout seul ?! »

Bien sûr que non, puisqu'il allait l'inventer.

« Raconte ! » a dit Lou tout excité.

Lou était particulièrement friand d'histoires de guerre, parce qu'il avait pas pu voir ça par lui-même, ayant été réformé pour obésité.

Alors le héros s'est mis à raconter, tandis que son auditeur, plus occupé à donner son avis stupide sur tout que par la route, s'enfilait des rasades de whisky tous les kilomètres…

Le seul moment où j'ai ressenti un peu de soulagement, c'est quand j'ai vu la ville de Franklin Grove disparaître pour de bon derrière moi. Je savais que le but de cette visite était de savoir si j'étais en assez bonne santé pour aller mourir, mais j'avais envie de voir ailleurs.

Au bout de deux heures de route de merde, Lou s'est mis à baver – signe qu'il commençait à être bien torché –, la voiture ne tenait plus droit, on dérivait vers le bas-côté de la route, et c'est seulement quand on a failli se prendre un arbre que mon grand-père a cru bon de proposer de prendre le relais.

« On fait une pause ! » il a décrété.

L'air frais m'a étourdi quand on est sortis de la caisse pourrie, tellement je m'étais habitué à la puanteur qui flottait à l'intérieur : un mélange d'haleine chaude alcoolisée et de vieille sueur fermentée...

J'avais aucune, mais alors aucune envie de remonter là-dedans.

« J'ai sommeil, j'ai dit en bâillant pour de faux, j'vais m'allonger dans la benne ! »

« Fait trop froid ! a répondu mon grand-père en faisant non de la tête. T'auras pas l'air con si t'arrives enrhumé à l'examen médical ! »

Et je me suis retrouvé de nouveau aplati entre eux...

Lou a fini par s'endormir sur mon épaule, lourd comme une baleine, en ronflant contre ma joue. Le borgne s'est adressé à moi :

« T'endors pas ! Préviens-moi si un machin s'amène à gauche ! »

Vu que c'était de l'œil gauche qu'il était borgne.

★★★

Lorsque vous habitez une p'tite ville paumée, vous voyez les mêmes visages, tous les jours. Jamais une figure inconnue, que vous n'avez pas déjà vue dix mille fois. À force, vous connaissez par cœur chaque sourire mesquin, chaque grimace de dégoût et chaque regard hypocrite.

Aussi, quand j'ai ouvert les yeux et que je me suis dégagé du tas graisseux qui dormait sur moi, c'est ce qui m'a surpris en premier à travers la vitre embuée : les visages. C'était l'aube, il devait être dans les 6 heures, mais y avait plein de visages qui grouillaient de partout.

J'avais fini par m'assoupir, je sais plus à quel moment exactement, mais apparemment rien n'était venu nous percuter de la gauche : le pick-up était entier, pas plus cabossé que la veille, garé n'importe comment dans la rue. Bob était à l'extérieur, adossé au capot, tirant tel un chef indien sur sa vieille pipe en bois.

J'ai ouvert la portière et j'ai longtemps regardé la rue, les immeubles, et encore les visages.

Je me suis mis près de mon grand-père.

« On y est, mon garçon ! » il a dit en me tapant dans le dos.

Lou a fini par se réveiller et nous a rejoints, sa bouteille de whisky à la main :

« On trinque ! À Bibow ! Qui va aller enculer ces salauds d'Viets ! À l'Amérique ! Aux chiottes les communistes de mes couilles ! »

Les gens baissaient les yeux et accéléraient en pas-
sant devant nous.

La gorgée matinale de whisky qu'on m'a forcé à boire
« parce que ça porte malheur si on fait un toast et qu'y
en a un qui boit pas » a bien failli me faire dégueuler
mon estomac sur le trottoir. Ensuite, on a mangé les
sandwichs aux œufs que ma mère avait préparés – ils
avaient un goût de fromage, sauf que y avait pas de
fromage dedans. Faut dire que l'atmosphère à l'intérieur du pick-up n'était pas vraiment propice à la
conservation des aliments.

Devant le centre médical, mes deux compagnons de
voyage ont insisté pour entrer avec moi. On s'est pré-
sentés à l'accueil à 7 heures tapantes.

Un infirmier assis derrière un bureau, occupé à lire
le journal, a marmonné bonjour sans bouger la tête
avant de commencer une phrase, qu'il a interrompue
net en soulevant les yeux sur nous : un jeune plouc
entouré d'un borgne à bandeau de pirate en uniforme
étriqué et d'un gros allumé dégueulasse qui puait le
whisky ; le gars a dû croire à une blague…

Mon grand-père m'a poussé vers lui d'une main tout
en faisant le salut militaire de l'autre.

« Lieutenant-colonel Robert Bradley ! Et voici
mon p'tit-fils, Robert Bradley, qui vient servir son
pays ! »

« Chavais pas qu't'avais été lieutenant-colonel, dis donc », a sifflé Lou, impressionné.

Les yeux de l'infirmier-réceptionniste sautaient de moi à Bob le borgne à Lou, de Lou à Bob le borgne à moi.

« Signez là et allez attendre dans la salle au fond, on va venir vous chercher. »

On était une dizaine de gars à être convoqués à la même heure.

Dans la salle d'attente, on s'est fait chier pendant trois bonnes plombes, à tel point qu'à un moment, un gamin s'est mis à roupiller comme ça, la tête contre le mur. Et d'autres se sont mis à l'imiter.

« DU NERF MES GARÇONS !!! a soudain beuglé le borgne. C'est pas le moment de ramollir ! »

Et pour redonner de l'énergie aux futures troupes, il a rien trouvé de mieux à faire, le poing posé contre le cœur, que d'entonner l'hymne national…

Lou a levé d'un coup sa tonne de graisse, et l'a rejoint sur le deuxième couplet ; il savait pas les paroles, ou alors il était trop soûl pour s'en rappeler, mais ça l'a pas arrêté pour autant.

« Qu'est-ce que c'est que ce bordel ! a braillé l'infirmier en déboulant dans la salle. VOUS ! il a ajouté en pointant du doigt les deux ténors, allez attendre dehors ! »

Lou a voulu se battre avec lui mais mon grand-père n'a pas vu ça d'un bon œil :

« Faut pas perturber le p'tit ! »

La visite médicale a été vite expédiée. Le médecin m'a pesé, mesuré, il m'a fait une prise de sang, il a regardé dans ma bouche et mes oreilles, il a écouté les battements de mon cœur et m'a dit de tousser trois fois. Il m'a demandé quelle était ma confession religieuse, j'ai pas trouvé ça très médical comme question, j'ai répondu : « protestant », je lui aurais bien parlé de Dieu, du Père Noël et tout mais j'crois qu'il s'en foutait. Ensuite, il m'a demandé où j'en étais avec l'école, j'ai dit que j'y étais plus allé depuis un bail, et puis il a écrit quelque chose sur une feuille.

« C'est bon mon garçon, il a conclu tout en gribouillant, tu recevras une lettre dans quelques jours. »

J'ai retrouvé les deux malades à l'extérieur. Ils voulaient des détails sur comment ça s'était passé, plus excités que jamais ; alors je leur ai raconté la prise de sang et la question sur la religion.

« Protestant ! a gueulé Lou. Aux chiottes les catholiques ! »

Et on est remontés dans la caisse pourrave pour aller *s'prendre du bon temps.*

Lou trouvait Waukegan nulle comme ville.

« Et si on allait passer l'reste de la journée à Chicago ! » il a proposé.

Chicago se trouvait à une heure de route – donc trois avec son cercueil sur roue.

Trois heures de bonheur en vue, donc.

Au moins, j'ai réussi à obtenir de faire le trajet à l'arrière, dans la benne, ayant le droit de « m'enrhumer si ça me chantait », maintenant que la visite était passée.

Quand on y est enfin arrivés, je suis resté scotché face aux buildings. J'en avais déjà vu à la télé, mais ils avaient l'air tout petits dans la boîte ; là, c'est comme si j'étais entré dans une boîte immense... j'avais jamais rien vu d'aussi grand ! On a longé le Lac Michigan et ça m'a presque fait mal à la tête de voir autant d'eau pour la première fois en vrai... aussi loin que mes yeux pouvaient voir !

Les gens de Chicago étaient différents de ceux de Waukegan, ils étaient bien plus jeunes ; les garçons avaient les cheveux gominés, des jeans serrés aux cuisses et évasés aux chevilles, des chemises colorées et de grandes lunettes de soleil. Les filles portaient des robes droites très courtes, bleues, roses, orange, sous des ceintures blanches. La plupart avaient les cheveux courts et de petits chapeaux blancs.

Les trois ploucs qu'on était ne sont donc pas passés inaperçus, on nous regardait comme si on débarquait d'une autre planète ; ce qui était un peu le cas.

On a mangé des hot-dogs dans une petite cafétéria. La sono crachotait *Satisfaction* des Rolling Stones, qui était la chanson préférée du moment de Marylin ; Lou s'est perdu dans ses pensées un instant, il revivait sans doute mentalement la chorégraphie que ma sœur avait improvisée dessus, jusqu'à ce que la goutte de sauce qui pendait à ses lèvres le réveille en lui tombant sur le menton.

Après quoi, on a traîné dans quelques bars, et puis Lou a insisté pour aller dans un peep-show où ça puait le cul mal lavé.

On est ensuite retournés aux bars, et c'est seulement quand on s'est fait jeter de l'un d'entre eux – parce que Lou voulait se battre « pour son honneur » – que mon grand-père a décidé qu'il était temps de foutre le camp, et de retourner à Franklin Grove.

Lou bavait comme une vieille mémé. C'est le borgne qui s'est chargé du volant. Malgré le froid de la nuit, j'ai choisi la benne.

J'y étais tranquille depuis une heure quand le pick-up s'est brusquement arrêté en hoquetant. Mon grand-père en est descendu, et m'a secoué parce que j'ai fait semblant de dormir dans l'espoir qu'il me foute la paix.

« On est sur l'autoroute Lincoln Highway, mon garçon ! La plus ancienne route qui relie le pays d'Est en Ouest ! »

Ça me faisait une belle jambe.

Il m'a tendu les clefs.

« Y a cent bornes en ligne droite ! J'vais te donner une leçon, et c'est toi qui vas les faire ! Chez les Bradley, on a la conduite dans le sang ! »

C'est pour ça qu'on n'a pas de voiture ! je m'suis dit.

La leçon a duré une minute.

« Vers la droite ça va à droite, m'a appris mon moniteur en indiquant le volant. Et vers la gauche, à gauche. »

Puis, en désignant les pédales :

« Là tu freines, et là tu fonces ! »

J'ai pris la place du conducteur. C'était pas bien compliqué d'appuyer sur l'accélérateur – « les Bradley » avaient de la chance d'être nés au pays des boîtes automatiques, pas sûr qu'ils auraient été aussi fortiches avec un embrayage dans les pattes...

J'ai roulé comme ça, direction tout droit, et à l'avant du pick-up c'était à qui ronflerait le plus fort... on aurait dit un concerto de cochons !

À un moment, j'ai bien pensé à planter la voiture dans un arbre. Histoire de les faire taire pour de bon. Mais la caisse de merde allait si lentement que ça nous aurait même pas tués.

★★★

Deux semaines après ce palpitant voyage, j'ai reçu une autre lettre. Elle disait que j'étais classé I-A, ce qui signi-

fie : *apte à effectuer le service militaire.* J'ai jamais vu autant
de fierté dans l'œil de mon grand-père que ce jour-là.

Cette lettre annonçait aussi qu'un camion militaire
s'occuperait de venir chercher les nouvelles recrues
de la région, pour les accompagner à leur camp d'entraînement. C'était pour la matinée du 2 août, et il fallait se tenir prêt – à partir de 7 heures, pas plus tard.

Tous les poivrots du bar ont bu à ma santé, chaque soir.

Le jour du départ est arrivé, ainsi que le gros camion
attendu – vers les 10 heures du mat. Ça faisait trois
plombes qu'on était tous plantés devant le bar. Pour
l'occasion, ils avaient mis leurs habits du dimanche,
et mon grand-père tenait fermement le manche du drapeau des États-Unis…

Un officier est descendu du camion, ils ont tous fait
le salut militaire.

« Recrue Robert Bradley ! » a gueulé l'officier.

Et ils m'ont poussé vers lui.

J'ai grimpé à l'arrière, y avait une demi-douzaine de
gars de mon âge. Le camion a démarré et, pendant qu'il
s'éloignait, je regardais les autres cons m'adresser de
grands signes d'adieu tandis que le borgne faisait flot-
ter le drapeau…

Quand ils ont disparu de mon champ de vision, j'ai
regardé autour de moi. Des gamins à peine sortis de

l'enfance, prêts à aller se faire buter pour une cause qu'ils ne comprenaient même pas, pour un pays qui ne voulait pas d'eux…

La crasse de l'Amérique, voilà ce qu'on était ! Trop débiles pour être réformés grâce aux études, trop pauvres pour l'être grâce à un père qu'aurait payé pour… Ouais, la putain de crasse de l'Amérique !

4

Camp d'entraînement de Fort Sill, Oklahoma

Le site de Fort Sill se trouve en pleine nature, près des montagnes de Wichita. Il a été choisi vers 1870 par un Major de mes couilles qui menait une « campagne en territoire indien pour mettre fin aux raids des tribus hostiles sur les colonies de pionniers installés aux frontières du Texas et du Kansas ». En d'autres termes : il butait des Indiens histoire qu'ils aillent pas faire chier les Blancs qui leur avaient piqué leurs terres.

Par la suite, Fort Sill est devenu une immense base militaire de quatre cents kilomètres carrés – soit une superficie quatre cents fois plus grande que Franklin Grove, pas étonnant que ça m'ait paru comme l'océan ! Et on était loin des quelques centaines « d'âmes » que comptait Franklin : il y avait à Fort Sill une population militaire et civile permanente de

vingt mille personnes, et, en temps de guerre, une capacité d'accueil de trente mille soldats, dont j'allais faire
partie...

On est arrivés là-bas tard dans la nuit. Le voyage avait
duré des plombes, personne se parlait, à part deux gars
qui chuchotaient – j'apprendrais plus tard qu'ils
étaient frères –, les autres faisaient que s'observer du
coin des yeux, ballottés de gauche à droite à cause des
amortisseurs qui n'amortissaient rien du tout ; on pouvait sentir le moindre caillou qui passait sous les roues,
de sorte que, une heure après le départ, un gamin
qu'avait eu le mal de terre ferme a gerbé dans un coin ;
il a bien tenté de nettoyer en versant dessus le reste
de sa gourde d'eau, mais ça n'a fait que disperser son
dégueulis, et comme on barbotait dans une chaleur
à vous faire suer un glaçon, ça n'a pas arrangé les
choses...
Quand le camion s'est arrêté, on est descendus de
là un peu dans les vapes. Autour, y avait trois autres
camions qui déchargeaient aussi des mecs dans notre
genre. On s'est tous attroupés et un grand gaillard en
uniforme s'est approché de nous. Il avait le visage taillé
comme un cube.
« Je suis le sergent Whitaker ! il a dit en nous toi-
sant. C'est moi qui vais m'occuper de vous ! Alignez-
vous, je vais faire l'appel ! »

Avec son regard aussi dur que ses muscles, on aurait plutôt dit un gardien de prison. Le genre de gars avec qui on n'allait pas jouer à saute-mouton juste pour déconner, ça se voyait tout de suite.

On était une trentaine de zoulous, fraîchement débarqués de nos bleds paumés, et je sentais que beaucoup d'entre nous se demandaient ce qu'ils foutaient là...

Le premier truc qui m'a surpris pendant l'appel du sergent Whitaker, c'était de voir qu'il y avait pas mal de Noirs, ces *pervers qui vont à l'encontre des principes de Dieu* – mais quand il s'agissait de les envoyer servir de chair à canon, apparemment ça gênait personne. Après tout, on a tous la même couleur de chair...

Quand il a eu fini, le sergent s'est placé face à nous :
« Bon ! Je vous emmène à vos chambrées ! Réveil à 5h30 demain matin ! Faudra être en forme ! »

Décidément, ils avaient des horaires pas croyables, ces foutus militaires...

C'était une grande salle avec des lits superposés alignés et des casiers en acier. Et je sais pas pourquoi, mais tous mes nouveaux petits camarades se sont précipités pour avoir les lits du dessus.

Quand on s'est tous installés – j'avais un lit du dessous – le sergent Whitaker a éteint la lumière.

« Que j'entende personne ! il a dit. Une dure journée nous attend ! »

Il avait tout juste fermé la porte que les deux frères, qui étaient à côté de moi, ont commencé à se chamailler sur qui allait dormir au-dessus. Cette histoire de lit commençait vraiment à m'intriguer. À Franklin Grove, j'avais déjà vu des soûlards roupiller à même le sol sans qu'ils aient l'air de s'en plaindre...

Les frères parlaient tout doucement au début, puis y en a un des deux, le plus âgé, qu'a tapé l'autre sur l'épaule et c'est parti en sucette, le plus jeune s'est mis à brailler :

« Tu fais ça parce que tu sais que maman te fera rien ! Vu qu'elle est pas là ! »

Des gars se sont mis à rigoler – et, surgi de nulle part, le sergent Whitaker a rappliqué illico en allumant la lumière ! Son visage était rouge piment, on aurait dit que sa tête allait exploser et tapisser les murs de sang piquant...

« KESKI S'PASSE ?!!! il a beuglé. QUI J'AI ENTENDU PARLER ?!! QUI ?!! Alignez-vous ! »

On s'est levés et alignés en moins de deux. Le sergent Whitaker nous a tous regardés, un à un, en secouant la tête frénétiquement ; certains ne respiraient même plus, des fois que ça aurait fait du bruit. Y avait un silence de cimetière, on n'aurait pas pu entendre une mouche voler, vu que si la pauv' mouche était passée par là, elle se serait planquée dans un coin pour pas tomber sous le regard du sergent... Sérieux, on aurait dit un furieux qu'aurait pas pris ses médocs !

Après plusieurs minutes à rallonge, il s'est arrêté devant un énorme Black, en se mettant bien en face de son visage :
« TON NOM ?! »
Le gars bégayait :
« Wi... Williams... Ray... Raymond Charles Williams... m'sieur. »
Le sergent s'est approché encore plus de son visage, on aurait dit qu'il allait lui rouler une pelle – ce qui aurait détendu l'atmosphère, sauf que c'est pas ce qu'il a fait.
« RECRUE WILLIAMS ! TU VAS ME FAIRE CINQUANTE POMPES ! SUR-LE-CHAMP ! PUISQU'IL Y A UN LÂCHE PARMI NOUS, C'EST TOI QUI VAS PAYER POUR LUI ! II TE REGARDERA FAIRE CHAQUE POMPE, ET TU T'ARRANGERAS AVEC LUI ENSUITE ! »
Ray-Raymond a écarquillé des yeux de poisson, il en revenait pas ! Mais comme le sergent avait pas du tout l'air de rigoler, il s'est mis par terre et il a commencé à faire ses pompes...
Au bout de quatre, le plus âgé des deux frères s'est avancé.

« C'est moi, il a avoué, j'ai tapé mon frère… »

Le sergent, mâchoires serrées à s'en péter les dents, a fait signe à Ray-Raymond de stopper, et il a marché vers l'autre avec lenteur, s'arrêtant tout près de son visage – il aimait bien faire ça apparemment.

« TON NOM ! » il a dit.

« Co… Corgan… »

« RECRUE CORGAN ! C'EST TOI QUE J'AI ENTENDU ?! »

Le plus jeune frère, pâle comme les murs autour, a ouvert la bouche.

« Non, il a murmuré en tremblant, c'était moi… Après qu'il m'a tapé… »

Le gamin, il suait comme un porc qu'on aurait enfermé dans un sauna ! Le sergent a hurlé :

« BIEN ! VOUS ALLEZ ME FAIRE CIN-QUANTE POMPES ! TOUS LES DEUX !!! »

Les frères Corgan s'y sont donc mis ; et le plus jeune s'est écroulé au bout de vingt, faut dire qu'il avait les bras tout en os. Le sergent est venu au-dessus de lui :

« RECRUE CORGAN !! IL EN MANQUE TRENTE ! »

Le gamin en a fait trois de plus et il est tombé face contre terre, avant de se mettre à chialer.

« J'peux plus, qu'il pleurnichait, j'peux plus… je veux rentrer à la maison… »

Le sergent a apprécié moyen. Le visage rouge sauce tomate, il a attrapé le pauv' gosse par le col et l'a relevé d'un coup.

« RECRUE CORGAN ! TU PASSERAS LA NUIT DEBOUT DEVANT LA CHAMBRÉE ! »

Le sergent Whitaker a ensuite attendu que le frère aîné ait fini ses pompes, et il est parti en emmenant l'autre qui chialait toujours.

« ET QUE J'ENTENDE PLUS PERSONNE ! » il a gueulé en claquant la porte.

Bienvenue à Fort Sill.

★★★

Ma première journée là-bas a été une des pires de ma putain de vie ! Pourtant j'en ai connu, des journées chiantes à tourner en rond dans Franklin Grove, à me faire mordre les mollets et à me prendre des roustes, mais c'était rien comparé à celle-là...

Déjà, la nuit avait été courte, vu qu'on était arrivés tard et qu'il y avait eu en plus cette histoire avec les frères.

Ensuite, c'est une alarme terrible qui nous a réveillés ; pas du genre petite sonnerie de réveil, non... Plutôt du genre sirène d'incendie ! Et puis la douce voix du sergent Whitaker a fait vibrer nos oreilles :

« DEBOUT ! RESTEZ EN SOUS-VÊTEMENTS !
ON VA CHEZ LE COIFFEUR ! »

On était tous dans le coaltar, mais bon, c'était toujours moins pire que ce pauvre Corgan qu'avait pas fermé l'œil.

Sur le coup, j'avais cru que le sergent déconnait, mais il l'avait vraiment pas laissé dormir du tout, il s'était même posté face à lui jusqu'à 5h30 du mat ! Pour être sûr qu'il reste debout… du coup il avait pas dormi non plus, mais ça n'avait pas l'air de le gêner plus que ça, le Whitaker.

Il nous a conduits dans une grande salle équipée de chaises alignées, on en a tous pris une, et « le coiffeur » nous a tondus un à un. Coupe militaire, qu'on appelle ça… Mon cul ! Coupe tête de bite, ouais !

Ensuite, on nous a filé nos tenues : caleçon blanc, tee-shirt blanc, pantalon kaki, veste assortie, et ces foutues rangers qu'elles sont tellement lourdes que t'as l'impression de transporter des boulets aux pieds quand tu marches !

Après ça, le sergent nous a donné nos *Plaques d'Identification Personnelles*, les bien nommées « Dog Tags » : les deux plaques métalliques que les militaires ont autour du cou et sur lesquelles on trouve les infos suivantes : nom, prénom, numéro d'identification, groupe sanguin – et religion, Dieu seul sait pourquoi.

Y en a deux, une pour filer à la famille au cas où vous vous faites zigouiller sur le front, l'autre avec laquelle on vous enterre.

Sur les miennes, on pouvait lire :

BRADLEY
ROBERT
17 132 1577
B POS
PROTESTANT

Et pour finir, on a eu droit à l'alignement, et au discours du sergent Whitaker :

« Recrues... Durant six semaines, vous allez effectuer votre entraînement au sein de cette base... Vous allez morfler, mais il faut mériter l'honneur d'aller défendre son pays contre l'ennemi ! Vous êtes des gamins, je ferai de vous des hommes ! Vous êtes des recrues, je ferai de vous des soldats ! »

Pour un peu, il nous aurait fait pleurer.

Pendant les deux premières semaines, on n'a fait que suer. Même que si on avait récolté la sueur de toute notre section – trente gars –, on aurait pu remplir une putain de piscine avec ! Imaginez un peu : de vastes plaines cramées par le soleil d'août, et des rigolos qui cavalent dessus pendant des heures, grimpent à la

corde, enchaînent les pompes, escaladent des obstacles… Des litres et des litres de sueur…

Le seul avantage, c'était qu'on nous nourrissait, et
bien ; à la cantine, je regrettais pas les sandwiches de
ma mère : plats consistants à volonté, viande hachée,
pommes de terre et pain à foison ! Et visiblement j'étais
pas le seul mort de faim, tous les gars se jetaient sur
la bouffe comme si c'était leur dernier repas.

Pour le reste, c'était la même routine tous les
jours : réveil à l'aube, course à pied, corde, obstacles,
pompes, bouffe, course à pied, corde, obstacles,
bouffe, et au lit.

À force, on commençait même à s'y faire. Sauf qu'une
nuit, alors qu'on dormait, la lumière puissante de la
chambrée s'est brusquement allumée.

« DEBOUT BANDE DE MAUVIETTES ! ALI-
GNEMENT IMMÉDIAT ! »

On s'est exécutés. Le sergent Whitaker se tenait là,
une flasque de whisky vide à la main, et visiblement
pas la sienne.

Il est passé entre les rangs…

« Cette flasque a été retrouvée, ce matin, dans la pou-
belle de votre chambrée… »

Le sergent avait donc trouvé cette flasque le matin,
mais il s'était gardé de nous en parler, patiemment,
toute la journée, afin de pouvoir venir nous réveiller
en plein milieu de la nuit.

« La question, je ne la poserai qu'une seule fois…
À QUI APPARTIENT CETTE FLASQUE ?! »

Celui à qui elle appartenait devait trouver de bonnes raisons pour la boucler, puisque personne n'a parlé.

« Bien, a dit le sergent. Vous ne dormirez plus ! »

Certains se sont échangé de furtifs regards d'incompréhension.

« À partir de cette minute, il a continué, et jusqu'à ce que le coupable se dénonce, vous passerez toutes vos nuits debout, comme maintenant. »

On savait tous que c'était pas pour rire. Et de fait, après être allé se chercher une chaise, le sergent s'est assis devant la porte, a croisé les bras, et il a plus bougé.

Il devait être dans les trois heures du mat, et on a donc passé plus de deux heures comme ça, debout à rien foutre.

Et puis l'alarme a sonné.

La journée qui a suivi, une ambiance pourrie s'est installée dans nos rangs. Personne n'avait envie de repasser une nuit pareille, surtout tous ceux à qui n'appartenait pas la flasque. Ça se lançait des regards noirs de partout, et ça chuchotait sans arrêt dans le dos des uns et des autres…

Pendant qu'on courait sous le soleil, dans les vapes, les nerfs cuisaient à l'idée d'une autre nuit sans sommeil ; mais le coupable ne s'est pas dénoncé pour autant.

Quelques heures plus tard donc, dans la chambrée, en caleçon et tee-shirt blanc, on était tous debout en rang sous l'œil de ce fou de Whitaker.

À un moment, un gamin s'est endormi debout et écroulé sur le sol. Mauvaise idée : il s'est réveillé aussitôt sous le visage du sergent qui avait bondi de sa chaise, et il a récolté vingt pompes.

Quand l'alarme a sonné, le sergent, en pleine forme, nous a gueulé de nous habiller en vitesse pour aller courir — c'était à se demander si ce con-là n'était pas drogué à quelque chose...

« Je vous attends dans quinze minutes ! » il a aboyé avant de sortir d'un pas solide.

Cette nouvelle nuit sans sommeil a eu définitivement raison du moral de la troupe. Le p'tit Corgan s'est soudain mis à chialer, son frère l'a engueulé et un troisième, qu'avait rien à voir dans l'histoire, leur a foutu des coups de poing !

Pendant la journée, d'autres bagarres éclataient sans raison dès que les gars étaient à l'abri des regards. On attendait la nuit comme on attend d'être pendu ; au moins, tant qu'il faisait jour, nos occupations faisaient un peu oublier le sommeil.

Mais ce soir-là, il y a eu du nouveau...

Alors qu'on était debout, alignés en sous-vêtements, le sergent nous a montré une enveloppe.

« Recrues, il a dit en levant l'enveloppe, il y a ici le nom du COUPABLE ! »

Trente paires d'yeux mi-clos se sont écarquillées d'un coup.

« Puisque la manière forte n'a pas suffi pour qu'il se dénonce, j'ai envoyé la flasque à notre unité de recherche… des empreintes ont été relevées, et identifiées… »

Silence…

« Soit le coupable se dénonce par lui-même sur-le-champ, soit vous passez une autre nuit debout ; je vous dirai son nom demain, et vous vous arrangerez avec lui… »

Personne n'a parlé, mais bientôt on a entendu un petit goutte-à-goutte…

klik, klak…
klik, klak…

Ça venait du grand Black bègue, Ray-Raymond Williams, dont la pisse était en train de goutter à travers son caleçon pour former une petite flaque à ses pieds.

Le sergent s'est avancé vers lui avec la lenteur d'un alligator.

« Quelque chose ne va pas, recrue Williams ? »

L'autre a pas répondu, et le goutte-à-goutte a cessé vu qu'il s'est complètement lâché, éclaboussant au passage les bottes du sergent.

« Suis-moi », a ordonné Whitaker en se dirigeant vers la porte, et il a éteint la lumière en sortant.

On ne reverrait jamais plus le Ray-Raymond, pas plus qu'on ne saurait si cette histoire d'empreintes était vraie.

Une fois que la porte s'est refermée, tous les gars se sont jetés sur leur lit. J'aurais peut-être dû me demander ce qui pouvait bien faire qu'un mec se pisse dessus, mais je me suis, comme tout le monde, endormi comme un mort.

★★★

Je me suis pas fait de copains à Fort Sill. C'était comme d'hab, personne faisait attention à moi. Y a juste eu ce gros roux une fois, Billy Cordwell ; personne lui parlait à lui non plus, et les gars le charriaient bien, vu qu'il avait du mal avec les exercices physiques… Faut dire que le Billy, physiquement, il était plus proche de la truite que de l'homme.

Donc, une fois, il s'est approché de moi avec un sourire idiot, et il m'a tendu sa main moite-rousse-potelée…

Je l'ai vite rembarré. J'aurais pas su quoi en faire et dans un sens, je lui rendais service : quand vous êtes tout seul et que personne vous parle, vous êtes « un solitaire », tandis que quand vous êtes deux et que personne vous parle, vous êtes des exclus. C'est comme ça. Moi j'en avais rien à foutre, mais j'suis à peu près sûr que Billy l'aurait pas supporté.

Au bout de ces deux semaines de sueur, un nouvel élément s'est immiscé dans notre quotidien…

Un matin, à la fin de la course à pied du réveil, le sergent Whitaker nous a alignés en deux rangs :

« Recrues, il a dit en nous présentant une mitraillette, ceci est un fusil d'assaut M-16 ! Calibre 5,56 mm, longueur du canon : 50,8 cm, longueur totale : 100,6 cm ! Capacité du magasin : un chargeur de 30 coups, portée effective : 550 m, cadence de tir : 750 à 900 coups par minute ! Masse sans le chargeur : 3,77 kg, masse avec le chargeur : 4,47 kg ! »

Il nous a longuement fixés du regard avant d'annoncer :

« À partir d'aujourd'hui, ceci est votre deuxième queue ! »

Le sergent Whitaker était apparemment d'humeur poétique.

« Mais avant de vous apprendre à vous battre avec une arme, il a ajouté, je veux voir comment vous vous débrouillez *sans* arme… »

Et c'est comme ça qu'il a organisé un petit jeu : ceux de la rangée de droite devaient mentalement choisir un gars de la rangée de gauche, pour se battre avec, à mains nues, après le déjeuner – et si un chanceux était désigné plus d'une fois, eh bien il se bagarrerait autant de fois. Ceux qui devaient choisir avaient donc un bon moment pour y réfléchir, mais on pouvait voir aux regards échangés que les couples s'étaient vite formés ; on peut être indécis sur pas mal de choses, mais on sait parfaitement à qui on a envie de foutre une beigne.

À la cantine, déjà qu'habituellement on avait l'air de chiens affamés, l'ambiance a viré électrique : ça gonflait le torse et ça reniflait fort pour impressionner son futur adversaire ; si le but de Whitaker était, au final, de faire de nous des animaux prêts à aller à l'abattoir, il réussissait plutôt bien son job.

« Personne choisit Jimmy ! » a prévenu le grand frère Corgan à l'attention de tout le monde.

« J'peux me battre avec qui je veux ! » a protesté son frangin.

« Boucle-la, lui a dit son frère en pointant sur lui un index autoritaire, j'ai promis à maman de tout faire pour qu'y t'arrive rien ! »

Les autres ont ricané et Jimmy, qui rigolait pas du tout, n'a plus touché à son assiette.

Au milieu d'une plaine grillée par le soleil d'août, trente gars attendaient leur tour pour se taper dessus.

« ANNONCEZ VOS CHOIX ! » a ordonné le sergent.

Étant donné que, plus tôt, j'avais fait partie du rang de gauche, je devais maintenant être choisi ; mais apparemment personne n'avait de dent contre moi, et c'est finalement Billy, un peu penaud, qu'est venu me désigner avec son sourire idiot.

Les frères Corgan ont commencé. Comme prévu, le grand avait choisi le plus jeune, pour pas qu'on fasse trop mal à son petit frère. Mauvaise idée : le gamin s'est jeté sur son aîné pareil qu'un taureau sur du sang. Le plus grand, pourtant bien plus costaud, est tombé à terre, surpris, et en moins de deux l'autre lui a immobilisé les bras sous ses genoux et s'est mis à lui castagner le visage des deux poings.

Le grand encaissait en essayant de se débattre ; et c'est seulement quand son visage n'a plus eu l'air d'en être un... que le sergent a jugé bon d'intervenir.

« Ça suffit ! » il a dit d'un ton autoritaire.

Mais le jeune Corgan continuait quand même.

« RECRUE CORGAN ! a gueulé le sergent. ÇA SUFFIT ! C'EST UN ORDRE ! »

Rien à faire, le gamin était comme sourd de rage.

Le sergent l'a donc lui-même arrêté en lui foutant un bon coup de botte, qui l'a fait valser à plus d'un mètre.

L'autre a fini par se relever avec sa face de viande hachée ; même sa mère l'aurait pas reconnu.

Trois bagarres plus tard, ç'a été mon tour.

Billy a déboulé sur moi, il essayait d'être rapide mais son poids l'aidait pas ; je l'ai esquivé au dernier moment, et il s'est vautré sur le sol. Le visage couvert de poussière, il s'est retourné et m'a regardé comme s'il attendait que je fasse quelque chose ; j'aurais pu en profiter, mais j'avais appris au bar qu'on « frappe pas un homme à terre » – enfin, pas toujours. J'attendais donc qu'il se relève… mais au lieu de ça, il s'est mis à ramper sur le dos tel un scorpion, avant de se servir de ses jambes comme de pinces pour me faire tomber ; il est ensuite venu au-dessus de moi, et j'ai su en sentant son poids sur mon torse que c'était pas la peine de lutter. J'ai pris mon souffle, attendant le poing qui allait me mettre K-O. Sauf que les coups de Billy étaient aussi mous que son ventre. Alors j'ai tranquillement patienté jusqu'à ce qu'il en ait marre de tamponner.

« Sans rancune », il m'a dit quand ça a été fini, en me tendant la main pour m'aider à me relever.

« Sans rancune », j'ai dit une fois debout – et je lui en ai collé une, par principe.

On a ensuite assisté aux bagarres des autres.

À la fin, on était tous là avec nos gueules cassées, couverts de poussière et de sang séché.

« Bien, a dit le sergent, suivez-moi ! »

Et il nous a emmenés à notre chambrée où, sur le lit de chacun, se trouvait un fusil M-16.

À partir de ce jour-là, rien n'a plus été comme avant. Autour de moi, les regards ont changé, ceux qui avant baissaient les yeux timidement les levaient à présent avec arrogance, comme si, grâce à ce bout de ferraille, ils étaient soudainement devenus invincibles... Même le petit latino qui dormait dans le lit au-dessus de moi, Rico, un pleurnicheur à sa maman de premier choix : suffisait de lui mettre un M-16 dans les mains ! J'avais entendu des gars le taquiner, le soir, en lui demandant s'il voulait une histoire avant de dormir. Ça ne s'est plus jamais produit après ce jour-là.

Ensuite, il a quand même fallu qu'on apprenne à s'en servir. Le but n'était pas de faire de nous des tireurs d'élite évidemment, juste de nous apprendre à tirer dans le tas. Et la plupart d'entre nous y arrivaient plutôt bien.

Les gars suivaient la consigne du sergent à la lettre : ils tenaient leur fusil comme leur queue, en pensant qu'ils allaient niquer tout le monde avec.

Le soir, certains astiquaient tellement leur nouveau joujou qu'on aurait juré que celui dans leur caleçon ne les intéressait plus.

Après une dizaine de jours de cours de tir dans le tas, on a passé le temps qui nous restait au camp à apprendre *les techniques de survie en milieu hostile*. C'était plutôt marrant – surtout quand on nous a appris à récupérer de l'eau potable à partir de notre urine !
En fait c'est pas très compliqué ; il suffit d'avoir deux bouteilles vides, du ruban adhésif, et de suivre les instructions :

1- Remplir à moitié une bouteille avec de la pisse.
2- Coller le goulot de la bouteille vide à celui de la bouteille qui contient la pisse.
3- Poser horizontalement les bouteilles sur le sol de façon à laisser la bouteille remplie de pisse complètement exposée au soleil et recouvrir de terre la bouteille vide.

Voilà, y a plus qu'à attendre pour déguster ! L'explication ? Le soleil extrait l'eau de l'urine par évaporation. La seconde bouteille étant protégée du soleil, sa température est inférieure à celle de la première. L'eau évaporée dans la première bouteille va donc se déposer dans la seconde… Je me souviens m'être dit en voyant ça, qu'avec tout ce que les clients du *Bradley's* buvaient, on aurait pu récolter assez de pisse pour éradiquer la soif dans le monde !

Bref. Après six semaines d'entraînement, on était capables de courir sous le soleil pendant des heures, d'enchaîner des dizaines de pompes par jour, d'escalader les obstacles super vite, de tirer dans le tas avec précision, et on savait même faire de l'eau avec notre pipi ! Fins prêts à aller au front, quoi !

Le sergent Whitaker nous a annoncé, non sans fierté, qu'on était TOUS sélectionnés pour aller protéger notre pays – la bonne blague.

« Allez défendre les valeurs de la liberté, soldats ! »

On faisait tous partie du 3e bataillon d'Infanterie, et notre départ était imminent.

5
Welcome to the jungle, baby !

Mi-septembre 1965.

On a embarqué dans un de ces navires de transport de troupes, un bateau en fer grand comme un immeuble renversé sur la mer, direction le Vietnam.

La traversée a duré plusieurs semaines. La plupart des gars s'occupaient à se muscler, boire des bières, fumer des clopes, jouer aux cartes et raconter des bobards sur le cul… Aucun de ces trucs ne me tentait, et j'ai donc bien tourné en rond tout au long de cette traversée interminable ! Je m'emmerdais tellement que j'ai tenté, un soir, de taper la discute avec le gros Billy.

« Quesse tu regardes ? » je lui ai demandé.

Il était assis sur son lit, en train de feuilleter un petit album photos.

Ses yeux couleur rouille se sont levés vers moi. Étonné mais si heureux que quelqu'un lui parle.

« C'est not' ferme ! » il a répondu, le regard tout brillant.

Il m'a ensuite montré deux fermiers apparemment très bien nourris.

« Eux, c'est mes vieux. »

On l'aurait deviné.

« Et elle, il a ajouté en posant son doigt-saucisse sur la photo suivante, c'est Mindy, ma vache laitière… »

J'ai décidé ce soir-là que c'était moins chiant de se faire chier plutôt que de parler avec Billy Cordwell.

On a fini par arriver au port de Da-Nang.

Ce qui surprend le plus quand on débarque au Vietnam, c'est l'humidité. Plus vous vous approchez du rivage, plus votre peau devient moite, vous suintez de partout. Ensuite, la poussière ; elle reste en suspension, toujours à cause de l'humidité, et vous sentez le goût de cette poussière dès que vous ouvrez la bouche, tandis qu'elle chatouille vos narines et vous pique les yeux. Un régal.

L'effervescence surprend aussi, surtout quand vous avez passé des semaines de léthargie sur un bateau. Partout des soldats américains, des civils vietnamiens, courant dans tous les sens… à vous donner le tournis !

On nous a parqués dans des camions, conduits à la base militaire, et on nous a dit d'attendre l'hélicoptère qui nous emmènerait à notre campement. Quand les zoulous que nous étions, qu'avaient même jamais pris l'avion, ont vu le gros appareil descendre du ciel à la verticale, on aurait cru un peuple indigène découvert par la civilisation…

« Comment qu'y fait pour pas tomber ?! » criait l'un.

« Ça tombe pas, j'en ai déjà vu à la télé ! » répondait l'autre.

Une fois dedans, chacun s'est cramponné comme il a pu, et on s'est envolés pendant qu'un mitrailleur arrière tirait à l'aveuglette dans la forêt en dessous.

L'hélico a fini par se poser dans une clairière taillée au milieu de la jungle, il nous a déchargés pour charger de longs sacs plastique noirs fermés par des zips, et il a redécollé au son des hélices et du mitrailleur qui s'était remis à la tâche.

On était sous le commandement du lieutenant Chadwick, une sorte de G.I Joe vivant, qui semblait n'avoir rien fait d'autre dans sa vie que la guerre.

Notre « mission », il nous l'a expliquée en parlant lentement mais fort, schéma à l'appui. Sur un tableau noir, une carte du Vietnam était dessinée à la craie blanche. Tout en bas de la carte, une croix rouge indi-

quait « Saigon », et tout en haut, « Hanoi ». Le lieutenant a posé son index juste au milieu, sur la croix qui
indiquait « Da-nang ».

« Soldats, il a dit en nous regardant fixement, nous
sommes ici. »

Jusque-là, tout le monde suivait.

« Au Sud, il a annoncé en mettant le doigt dessus,
Saigon, capitaliste... Au Nord, il a ajouté avec une grimace, Hanoi, communiste. »

Da-nang était une ville stratégique, vu qu'elle se
trouvait à la frontière du Nord et du Sud Vietnam,
à distance quasiment égale de Saigon et Hanoi.
L'armée y avait installé une immense base aérienne,
un véritable village peuplé d'avions en tout genre.
Début juillet, des Viets avaient attaqué cette base,
détruisant trois avions de guerre ; ce que les dirigeants
de l'armée avaient apprécié moyen. Alors ils avaient
décidé de renforcer la protection de la base, et c'est
là qu'on intervenait, moi et les autres ploucs : la forêt
tropicale de *Ba Na*, une putain de jungle humide
infestée de bestioles, se trouvait à une quarantaine
de kilomètres de la base en question, fallait donc garder un œil dessus...

Notre campement se trouvait à un kilomètre de l'entrée de la forêt.

Plusieurs grandes tentes étaient dressées les unes à
côté des autres, et des lits pas très confortables à l'in-

térieur – les lits encore chauds des gars qui s'étaient fait refroidir, et qu'on venait remplacer.

Les ordres n'étaient pas bien compliqués : on devait ratisser la forêt, nuit et jour, éparpillés en groupes de cinq, et joindre le campement par radio tous les quarts d'heure pour donner des nouvelles. Si un des groupes se faisait attaquer et qu'il ne contactait pas le poste d'écoute du campement, l'alerte était donnée et de bons gros avions venaient bazarder leurs petites bombes au-dessus de la forêt. En gros, on servait à prendre la température… Des sortes de thermomètres sur pattes, quoi !

Le lieutenant l'avait pas dit, mais on avait en fait deux façons de mourir : soit dans une embuscade, en étant attaqués par des Viets qui se planquaient là, soit sous une bombe américaine, en mettant trop de temps à rentrer au campement après une alerte… d'où la quantité industrielle des pertes humaines. C'est pourquoi il fallait de la chair fraîche en abondance, de la chair que personne ne regretterait. Et c'était donc pour ça que l'armée parcourait les villes paumées du fin fond de l'Amérique, à la recherche de tous les ignares qui servaient à rien.

★★★

Le lendemain matin de notre arrivée, première patrouille de reconnaissance.

Dans notre petit groupe de cinq, y avait moi, Billy qui pensait qu'on était amis depuis cette histoire d'album photos, un blond tout laiteux qui venait de l'Ohio, et deux « anciens », c'est-à-dire des gars qu'étaient là depuis plus de trois mois – autant dire des miraculés –, chargés de nous guider dans la jungle. On reconnaissait les *anciens* à leur dégaine : nous autres on avait des uniformes tout neufs, eux se permettaient certaines fantaisies comme les manches coupées, les bandanas autour du cou et les casques bariolés de dessins ou de messages.

Dès qu'on a pénétré dans la forêt, la lumière s'est tamisée, piégée par les feuilles de ces arbres tellement hauts qu'on n'en voyait pas la fin. Nos deux guides expérimentés, avec cette aisance d'élèves de dernière année qui font visiter le lycée aux bizuts impressionnés, ricanaient entre eux en faisant comme si on n'était pas là. À un moment, peut-être pour se venger de ce que d'autres leur avaient fait, ils se sont bien gardés de nous dire de faire gaffe au marécage qu'ils venaient de contourner, et on s'est retrouvés d'un coup, tous les trois comme des cons, avec de l'eau sale et visqueuse jusqu'à la taille…

Le laiteux de l'Ohio s'est mis à gesticuler.

« Qu'est-ce que c'est ?! Qu'est-ce que c'est ?! » qu'il répétait, les yeux comme s'ils allaient lui sauter du visage.

Ce qui a bien fait marrer les deux autres. Billy a gigoté et puis, quand il a compris que c'était « une blague », il a fait comme s'il la trouvait drôle.

Une fois sorti de là, il a fallu cinq bonnes minutes au laiteux pour se calmer. Il respirait en se tenant le cœur comme s'il risquait de lui tomber dans les bottes.

Je me suis pas demandé pourquoi ils réagissaient comme ça et pas moi : quand vous grandissez dans un bar à tocards, avec tout ce que ça implique d'énergumènes aux comportements panachés, aucun comportement ne vous semble vraiment anormal.

Pour finir, les bizuts que nous étions ont dû passer le reste de la journée avec le même uniforme, qui collait puait grattait à chaque mouvement. Ce qui n'avait pas l'air de gêner Billy, sans doute habitué à pires dégueulasseries dans sa ferme.

Au programme des réjouissances, il y avait aussi les patrouilles de nuit. La même chose, mais dans le noir ; avec le sommeil en prime. Pour tenir, on était tous shootés à la Dexedrine, un médoc qui sert à soigner l'hyperactivité mais qui, quand vous n'en souffrez pas, agit en vous gardant éveillé comme après dix cafés ! C'était le médecin du camp, tel un bon papa, qui nous distribuait une pilule chacun avant chaque sortie nocturne.

Le seul qu'en avait pas besoin, c'était le laiteux de l'Ohio ; les yeux grands ouverts, comme monté sur ressorts, il frissonnait et déglutissait nerveusement à chaque fois que l'un de nous faisait craquer une branche sous ses rangers. Les mains fermement soudées à sa mitraillette, il était à l'affût du moindre son – ce con-là sursautait même quand le bruit venait de sous sa propre botte !

Une nuit, on patrouillait tous les cinq quand on a entendu la sirène qui signalait une attaque aérienne.

« Qu'est-ce que c'est ?! Qu'est-ce que c'est ?! » s'est excité le laiteux en tournant sur lui-même.

Les deux anciens en avaient vu d'autres, ils ont pris un air grave sans s'affoler pour autant. Billy pointait son fusil dans le noir… et moi, j'étais pas plus affolé que le jour où le tocard d'un bar avait tiré une balle en l'air.

La radio que tenait un des anciens s'est mise à gueuler :

« Patrouille prise en embuscade, retour au camp. Je répète : patrouille prise en embuscade, retour au camp. »

La voix n'a pas eu besoin de le répéter trois fois.

Comme on était entraînés à le faire, on a couru comme des lapins ; gros Billy était à la traîne, mais on a fini par sortir de la forêt, d'où toutes les patrouilles déboulaient en vitesse.

À la lumière du camp, on a vu trois corps sur le sol.

L'aîné Corgan était agenouillé devant la dépouille de son petit frère.

Il pleurait pas, il gueulait pas, comme si ses yeux refusaient d'envoyer l'information à son cerveau ; comme s'il le regardait simplement dormir.

On a refermé sur le soldat Jimmy Corgan le zip d'un long sac noir, et on l'a renvoyé à sa mère.

6
Comment j'ai plus été puceau

Une fois par semaine, on avait notre journée de repos. On avait le choix entre deux options : rester glander au campement, ou bien aller passer la journée au centre-ville de Da-nang avec au programme, cuite et coït. Inutile de dire que les gars préféraient la seconde option.

Le point de ralliement était un endroit nommé *Nam*, sorte de « bar-bordel » où se retrouvaient les soldats de plusieurs campements.

Là, ils picolaient entre eux dans la salle, avant d'aller s'envoyer en l'air à l'étage ; le tout pour même pas trois dollars. On était loin des tarifs américains, fallait bien quelques compensations pour soutenir le moral des troupes.

À ma première permission, j'ai donc suivi le troupeau et je me suis retrouvé le cul posé à une des grandes tables en bois pourri du *Nam*.

Des bébêtes noires minuscules flottaient en suspension dans l'air tiède, elles vous collaient à la peau, vous entraient dans le nez et par la bouche…

Les autres commandaient bière sur bière en racontant des blagues salaces et en riant très fort, qu'elles soient drôles ou pas.

Moi l'alcool, à force d'avoir grandi entouré de poivrots, ça m'attirait pas plus que ça.

Le gros Billy s'était assis à côté de moi, il regardait avec inquiétude les soldats qui montaient à l'étage, une pute au bras.

« Tu l'as déjà fait ? » il m'a demandé tout bas.

« Non », j'ai répondu.

« Moi, si », il a dit en baissant les yeux.

C'est ça, j'ai pensé, sans doute avec ta vache Mindy !

« Hep ! a fait un soldat aux dents de devant sacrément cariées, j'en ai une bonne ! »

Il a bu une rapide gorgée de bière.

« 'Savez comment on fait crier une femme deux fois de suite en lui faisant l'amour ?… La première fois en l'enculant et la seconde en s'essuyant la bite dans le rideau ! »

Les autres se sont marrés en tapant des poings sur la table.

« T'as pas peur de pas êt' à la hauteur ? » m'a demandé Billy, que l'humidité vietnamienne n'arrangeait pas : entre ses taches de rousseur, son acné jaune et les bébêtes collantes, son visage ressemblait à un clafoutis périmé.

« Non », j'ai répondu.

Et c'était vrai, que j'avais pas peur. D'ailleurs, j'aurais dû me demander à ce moment-là *pourquoi*, pourquoi ça me faisait pas peur, pas plus que de me faire tuer, prendre l'hélico ou passer la nuit à marcher dans la jungle…

Notre table a commencé à se vider ; à la fin, il restait plus que Billy et moi. Une fille s'est approchée et m'a regardé, j'imagine qu'elle avait procédé par élimination entre le clafoutis et moi.

« Toi coucher ? » elle a dit.

« OK », j'ai dit en me levant.

Dans la petite chambre équipée d'un matelas louche et d'un lavabo pas net, la fille m'a fait signe de me déshabiller puis de m'allonger ; ensuite, elle m'a lavé là où il faut, m'a enfourché, a remué le cul en poussant des cris malhonnêtes, et puis c'est tout.

Tout ça pour ça, je me suis dit en redescendant l'escalier.

Billy n'était plus assis à sa place. La guerre aura au moins permis à des gars comme nous de se faire dépuceler avant d'avoir vingt ans, pour pas cher.

★★★

Par la suite, j'ai décidé de passer mes permissions tranquille au campement. Glander dans un bar avec des gars qui se soûlent en racontant des conneries, j'avais pratiqué pendant des années...

Mon comportement paraissait bizarre aux autres, et je savais que la rumeur courait comme quoi j'étais pédé. Même notre G.I Joe de lieutenant Chadwick, il me regardait d'un drôle d'œil.

« Soldat Bradley ! » qu'il m'interpellait en me croisant dans le campement.

« Oui, mon lieutenant. »

« Z'êtes bien au repos aujourd'hui ? »

« Affirmatif, mon lieutenant. »

« Pourquoi z'êtes pas avec les autres en ville ? »

« J'en ai pas envie, mon lieutenant. »

Il m'examinait alors avec méfiance en essayant de deviner ce qui tournait pas rond chez moi. Et puis il m'oubliait jusqu'à la prochaine fois. C'était le genre de type qu'en avait rien à branler de la politique, et qui finirait par se tirer une balle dans la bouche une fois la guerre finie. Parce que si certains font la guerre pour la paix, d'autres font la guerre pour la guerre ; en ce qui me concernait, je voulais bien faire la guerre tant qu'on me foutait la paix.

7
La première fois que j'ai tué

On ratissait la forêt de jour, depuis des plombes, moi et mes quatre compagnons.

L'un des deux anciens se vantait de comment il s'était tapé trois filles lors de sa dernière permission au *Nam*, l'autre l'écoutait en ricanant, Billy essayait en vain de se mêler à la conversation et le laiteux de l'Ohio, comme à son habitude, déglutissait nerveusement, avançant avec prudence, à l'affût du moindre petit bruit.

« Je l'ai prise comme ça ! » racontait le vantard en mimant une levrette… quand le laiteux s'est figé d'un coup.

« J'ai entendu un bruit », il a fait, tandis que ses yeux bougeaient frénétiquement de droite à gauche pour essayer de savoir d'où ça venait.

Et contrairement aux autres fois, c'était pas de la parano. Tout de suite après, on a entendu un gars gueuler quelque chose en viet comme pour donner l'assaut.

Alors on a fait ce qu'on était censés faire dans ces cas-là : tirer dans le tas.

On a vidé tous nos chargeurs dans toutes les directions, arrosant la forêt de balles, tac-tac-tac tac-tac-tac-tac ! Ça crépitait de partout et ça faisait un boucan pas possible !

Quand ç'a été fini, un silence plein de poussière nous a enveloppés, les feuilles des arbres volaient lentement autour de nous, une odeur de poudre soufrée nous picotait la gorge.

Puis la poussière est retombée, et on a distingué un corps sur le sol, enfin ce qu'il en restait ; on devinait simplement que ce pauv' gars avait voulu courir sur nous, un petit sabre à la main… Le con. Pouvait pas rivaliser avec des M-16…

Sans un mot, le vantard lévrier nous a fait signe d'avancer.

Derrière le premier corps, on en a découvert deux autres, moins amochés mais tout aussi crevés ; des gars pas plus âgés que nous, les yeux morts grands ouverts, des gars qui devaient pas savoir plus que nous ce qu'ils foutaient là.

On était en train de les regarder quand le laiteux de l'Ohio a sursauté de nouveau.

« Par là ! il a dit en indiquant droit devant avec son doigt tremblotant, y en a encore ! »

Alors on a détalé comme des clébards pourchassés par la foudre, en donnant le signal au campement.

La nuit même, sur son lit de camp, le laiteux de l'Ohio a cauchemardé en poussant des cris ignobles. Notre lieutenant est venu le chercher, et on ne l'a plus jamais revu. On nous a dit que Derreck, c'était son prénom, avait été réformé pour « faiblesse psychologique ».

Affaire classée.

★★★

Un matin, le lieutenant Chadwick nous a annoncé que pendant la nuit, pas moins de trois patrouilles avaient été zigouillées. Quinze gars butés ; on avait retrouvé leurs corps, pas leurs armes.

« Ça veut dire que les samouraïs de la jungle sont à présent armés jusqu'aux dents ! Ouvrez l'œil, et le bon ! »

Moins d'une semaine plus tard, quinze nouveaux gars les avaient remplacés.

Cette fois-là, je patrouillais de nuit avec Billy, les deux anciens et un petit nouveau qu'était venu remplacer le laiteux.

Dès qu'il faisait noir dans cette foutue jungle tropicale, les animaux rivalisaient de petits bruits bizarres. Éclairés par le mince rayon de lune qui voulait bien traverser les arbres, on avançait en silence quand on a entendu une déflagration, et une autre, et puis une autre !

Aussitôt on s'est mis à tirer dans le tas, sauf qu'on n'était pas les seuls à mitrailler. On s'est jetés au sol comme on devait le faire dans ces cas-là, et sans s'arrêter de tirer. Ça pétardait de partout, un vrai feu d'artifice !

À plat ventre, une fois mon chargeur vide, j'ai attendu un petit moment avant d'y voir quelque chose.

« On décampe ! » a dit celui qui portait la radio.

Mais Billy ne s'est pas relevé.

« Mes jambes ! il a gueulé terrible, j'sens plus mes jambes ! »

Les autres en avaient apparemment rien à cirer ; ils ont décampé.

« Mes jambes !!! »

Il s'arrêtait pas de crier.

Je me suis approché de lui, il était en train d'essayer de ramper mais il faisait du sur-place.

« Qu'est-ce que j'vais devenir ? qu'il pleurnichait en hoquetant, qu'est-ce que j'vais devenir… »

Eh bien, j'ai pensé, avant t'étais un gros pauvre carrément con, maintenant tu vas être un gros pauvre carrément con handicapé.

Il m'a tendu le bras, en l'attrapant je me suis penché et il m'a brusquement tiré vers lui.

« Tue-moi », il a lâché en me prenant par le col.

Son visage était criblé de gouttelettes de sueur, comme s'il pleurait par tous ses pores. Je distinguais à peine le blanc de ses yeux, tellement ses pupilles étaient gonflées.

« Tue-moi ! il a répété. J'préfère y rester, dev'nir un héros, plutôt que d'vivre la vie qui m'attend ! »

Sur ce coup-là, il avait pas tort.

Après tout, pourquoi j'aurais eu plus de remords à tuer Billy que le gars d'en face ?

J'ai empoigné son cou des deux mains, mais bordel c'était gros comme un tronc d'arbre, j'arrivais pas à en faire le tour !

De toutes mes forces, j'ai serré serré serré, son corps a opposé une résistance mécanique, et puis d'un coup c'est comme s'il m'avait fondu entre les doigts.

C'était là, la première fois que j'ai tué.

Guidé par ma boussole, j'ai pris la direction du campement en marchant tranquille, dans une forêt noire infestée de bestioles et de types prêts à me tuer. De temps en temps, j'entendais craquer des balles de mitraillette ou voler un hélico sur ma tête...

Tout seul dans ce grand merdier, j'aurais dû avoir les chocottes, marcher d'un pas rapide, gesticuler, me tromper de direction, ce qui aurait forcement attiré mes prédateurs ; mais au lieu de ça, je me baladais comme si j'étais en parfaite sécurité, ne donnant à personne l'occasion ni même l'envie de s'approcher. Je l'ignorais alors, mais ce qu'on aurait pu prendre, à me voir, pour un excès de courage, n'était en fait qu'un déficit de peur.

★★★

Quatre jours plus tard : nouvelle patrouille, nouvelle embuscade.

Sauf que cette fois-là, pendant que je tirais dans le tas, je me suis redemandé ce qui justifiait que je bute ceux-là plutôt que les autres... puisque ces cons étaient venus ici pour se faire buter, autant qu'on en finisse.

Alors, comme ça, sans décrisper l'index de ma gâchette, j'ai tourné mon fusil vers le type qu'était à ma droite, puis les trois autres y sont passés aussi.

8
Prison militaire de Long Binh Jail

Ça faisait des jours que je croupissais dans un container en tôle de trois mètres sur deux, dans la zone de sécurité maximale de la prison militaire de Long Binh Jail, à vingt kilomètres au nord-est de Saigon.

J'avais répété mon dézinguage de G.I's une bonne demi-douzaine de fois ; certains jours, j'attendais même pas qu'on tombe sur des Viets pour passer à l'acte. À tel point que notre lieutenant avait commencé à trouver ça louche…

« Quesse qui s'est passé, soldat Bradley ? » il me demandait à chaque fois.

De me voir rentrer tout seul, ça commençait à le travailler.

« Une embuscade, mon lieutenant. »

« Pourquoi l'alerte a pas été donnée ? »

« Pas eu le temps, mon lieutenant. »

« Et les autres ? »

Je lui annonçais alors comme ça que tous les autres s'étaient fait buter. Moi ? Je m'en étais sorti. Encore. Il me regardait longuement en silence ; l'absence de sueur sur mes tempes et de rouge à mes joues ne devait pas jouer en ma faveur… Mais bon, il avait aucune preuve contre moi – jusqu'au jour où une de mes « victimes » a eu le temps de souffler dans sa radio, avant de clamser, que c'était Bradley qu'avait fait le coup ; et ils me sont tombés dessus à mon retour de la forêt.

Sous sa tente meublée d'un bureau et d'un lit de camp, le lieutenant Chadwick m'a maintenu au sol, le visage coincé entre la terre boueuse et la semelle de sa botte, jusqu'à ce que la police militaire vienne me chercher. Il m'a avoué qu'il se serait bien occupé de mon cas, là, maintenant, à coups de godasse dans la tronche, mais le message radio avait été relayé, et l'ordre était venu d'en haut qu'on m'arrête sans esclandre, histoire de pas ébruiter l'affaire.

Officiellement, on avait trouvé de la marijuana sous mon lit – motif absurde, puisque les joints étaient légion dans notre régiment, comme dans les autres. Mais l'important était de ne pas souffler un vent de paranoïa dans les troupes ; déjà que la plupart des gars n'étaient pas tranquilles quand ils partaient en patrouille, si en plus ils se mettaient à se suspecter les uns les autres…

Plus tard, j'apprendrais pourtant que je serais loin d'être le seul emprisonné pour avoir tué quelqu'un de mon camp : à partir de 67, quand les soldats commenceront à péter les plombs et à se rebeller, on dénombrera plus d'une centaine de mutineries nommées *Fragging*, attentat le plus souvent commis à la grenade contre un supérieur par ses propres soldats, fatigués de mourir pour rien.

Mais pour le moment, la majorité des prisonniers de Long Binh y étaient pour des motifs mineurs, tels que refus d'obéir à un ordre ; ils étaient parqués comme des poulets à plusieurs dans une cellule commune, pour quelques semaines seulement, le temps qu'on les remette dans le droit chemin – celui qui mène à l'embuscade.

Quant à ceux qui étaient enfermés seuls dans un container, les fous dangereux, ils n'étaient que deux : moi et un schizophrène dont la maladie s'était réveillée au son des balles. Deux à attendre le jugement de la cour martiale.

★★★

Quelqu'un a brusquement tiré la porte en métal, j'ai ouvert les yeux et les rayons de lumière sont entrés dedans comme des lames. Un homme apparaissait dans l'encadrement, je voyais pas son visage, il se tenait un mouchoir sur le nez – faut dire qu'on me sortait que dix minutes par jour pour aller aux chiottes...

« Je suis votre... votre avocat, il a dit au travers du mouchoir, je suis ici pour notre entretien... »

Je me suis redressé, un garde est entré et m'a fait sortir du container. Avec une chaîne à doubles menottes, il m'a attaché les poignets et les chevilles. L'avocat, un gringalet fraîchement diplômé de son école de droit militaire, faisait visiblement un gros effort pour pas gerber.

On s'est dirigés vers l'entrée de la prison. Le garde, qui me tenait par le bras et savait manifestement pourquoi j'étais là, prenait son pied à marcher vite, de façon à ce que je me prenne les miens dans la chaîne. Même si l'air frais faisait du bien, j'étais quand même mieux dans ma cage à merde.

À l'intérieur d'un bureau surveillé par deux autres gardes, on m'a fait asseoir à une table. L'avocat s'est installé face à moi, il a ouvert une mallette et en a sorti un dossier tout fin.

« Bien... Soldat... Bradley, Robert... »

Il avait l'air très embêté.

« Je ne vais pas vous mentir, vous encourez la peine de mort, il y a même de grandes chances pour que vous y passiez… »

Il guettait ma réaction, j'ai pas bronché.

« Je représente un autre soldat, accusé du même crime que vous… mais, dans son cas, il s'agit d'une schizophrénie avérée… Au pire il sera interné à vie dans un établissement spécialisé… »

Le veinard.

« Écoutez-moi, a continué l'avocat en avançant les épaules, il vous reste encore une chance d'échapper à la mort : vous allez bientôt être examiné par un expert psychiatre… »

« J'en ai rien à foutre », j'ai coupé.

Il a paru surpris, autant par ce que je venais de dire que par le son de ma voix qui, à force de silence, ressemblait à un sifflement.

« De mourir, j'ai précisé, rien à foutre. »

« Bien… je… Vous serez examiné de toute façon par un expert psychiatre… »

« Dites-lui de pas se fatiguer, j'préfère crever que de passer ma vie dans un asile de dingues ! »

Couler mes journées entouré de tarés, merci, j'avais donné.

Mais j'ai quand même eu droit à l'expert psychiatre.

Avant la visite, on m'a permis de me laver ; plus exactement, on m'a foutu à poil et un garde m'a aspergé avec le jet d'un tuyau puissant, qui m'a décapé la peau à défaut de la nettoyer. Ce truc était une torture, mais je lui ai pas fait le plaisir de gueuler.

Un peu plus tard, dans le bureau où m'attendait le psy, j'ai eu droit à un verre d'eau fraîche et un bol de riz chaud.

Le doc m'a regardé bouffer comme un morfal. C'était un bonhomme aux petits sourcils arqués, qui portait des lunettes à double foyer assorties à son double menton.

Assis face à moi, il attendait patiemment que je finisse de lécher mon bol.

« Bien », il a dit quand j'ai terminé, sur un ton bienveillant auquel j'étais pas habitué.

Évidemment, toutes ces délicates attentions avaient pour but de me rendre coopératif... Il a pris la sacoche en cuir qui était à ses pieds, l'a posée sur la table, et en a sorti plusieurs feuilles sur lesquelles étaient dessinés des trucs.

« Si tu veux bien, il a dit, je vais te demander de me raconter une histoire à partir de chacun de ces dessins. »

La première image, c'était celle d'un gamin, la tête entre les mains, qui regarde un violon.

« Je t'écoute », a dit le psy.

« C'est un gamin qui regarde un violon », j'ai dit.

« Oui, mais… que pourrait représenter ce violon ? »

« J'en sais rien… son cadeau de Noël… »

« Et pourquoi est-ce qu'il le regarde comme ça ? »

« P'têt qu'il aurait préféré avoir autre chose… »

« Bien », il a murmuré sans lever la tête, tout en prenant des notes dans un calepin.

Il y a eu ensuite une femme qui jouait avec un petit chien, un homme âgé qui en observait un plus jeune… Le psy notait des trucs et passait à la suite.

Est arrivée la dernière image. Elle représentait une femme, les yeux écarquillés, qui se tenait en haut d'un escalier.

« Elle a pas envie de descendre », j'ai dit.

« Ah… Et pourquoi ça ? »

« J'en sais rien. P'têt qu'elle est bien là où elle est… »

Pour la première fois depuis le début du test, ses yeux avaient quitté le calepin pour venir sur moi.

« Tu ne vois rien d'autre ? » il a demandé.

« Non », j'ai répondu.

« Regarde bien… tu ne vois rien d'autre ? » il a repris en me fixant lourdement.

« Non. »

★★★

Entre mes quatre murs en ferraille, mon seul repère temporel était ma sortie quotidienne, en pleine nuit, avec le garde pour aller aux chiottes.

J'avais eu droit à trois sorties, trois jours s'étaient donc écoulés depuis le psychiatre lorsque...

... la porte s'est ouverte sur un type en costard-cravate. Et je sais pas ce que celui-là avait pu voir ou respirer comme horreurs durant sa vie, en tout cas il n'a pas bronché en entrant, ni en m'aidant à me relever.

Il avait des cheveux fins poivre et sel, plus salés que poivrés, coiffés avec une raie sur le côté ; tout était parfait dans son allure de diplomate propret, à l'exception de son regard venimeux qui trahissait... autre chose.

Une fois dehors, pas de garde, et pas de menottes non plus. C'était la première fois depuis une éternité que je pouvais marcher sans chaînes, mais j'étais comme tout désarticulé ; au premier pas, j'ai failli me ramasser. Le type m'a fermement pris par le coude, et il m'a guidé jusqu'à une salle.

On s'est assis de part et d'autre de la table, toujours pas de gardes, mais mon interlocuteur semblait s'en foutre.

« OK, il a dit comme ça, en sortant un paquet de Lucky sans filtre de sa poche. Cigarette ? »

J'ai fait non de la tête.

Tout en me fixant du regard, il a allumé sa clope avec un briquet en métal.

« Bradley… il a commencé, je ne vais pas y aller par quatre chemins… »

L'humidité piégeait la poussière, mais aussi les sons, de sorte qu'un crépitement puissant grésillait à chaque fois qu'il tirait sur sa cigarette ; pareil pour la fumée, qui n'avait nulle part où aller et faisait du sur-place.

« Selon l'expert psychiatre de l'armée, tu es atteint d'une… anomalie. Une anomalie dont chaque organisme de défense de l'État est dans l'obligation de *nous* informer, lorsqu'elle est détectée chez quelqu'un… »

D'un geste brusque, il a soudain balancé son briquet, qu'est passé à dix centimètres de ma tempe gauche – KLAK ! contre le mur juste derrière moi.

« Si tu étais un garçon disons… ordinaire, tu aurais dû sursauter. Mais tu n'as pas bougé, Bradley, tu sais pourquoi ? »

Il n'a pas attendu ma réponse.

« Parce qu'un mécanisme de survie primaire ne *s'est pas* enclenché dans ton cerveau pour te prévenir d'un danger… »

Silence.

« Ce mécanisme, Bradley, c'est la peur. »

Il s'est levé pour aller récupérer son briquet.

« Bien évidemment, je ne peux pas te décrire ce qu'est la peur… ce serait comme d'essayer de décrire le bleu à un aveugle. Mais disons que c'est un sentiment qui, bien souvent, empêche les gens de faire certaines choses... »

Il s'est rassis face à moi en allumant une autre cigarette.

« Ne me demande pas les détails, il a dit en faisant claquer le fermoir du briquet, c'est une histoire de glande dans le cerveau... »

Plus tard, j'apprendrais que la glande en question est l'amygdale. Sa stimulation provoque peur et anxiété ; mais si cette glande est atteinte d'une lésion, le sujet ne subira aucune manifestation somatique de peur.

« Tu comprends tout ce que je suis en train de te raconter, Bradley ? »

J'ai pas répondu.

« Écoute, il a dit comme s'il s'adressait à un chiot, ce que certains considèrent comme une tare, *nous*, nous le considérons comme un don... »

Il s'est adossé à sa chaise.

« On a beau former quelqu'un à toutes les techniques pour tuer, lui faire étudier sa mission dans les moindres détails, il suffit, une fois dans l'action, d'une montée d'adrénaline, un cœur qui bat trop vite, une main qui tremble... et tout est foiré. »

Il s'est levé et s'est mis à marcher de long en large dans la pièce.

« Deux choix se présentent à toi : soit tu te fais rapatrier aux États-Unis pour y être exécuté en tant qu'assassin, sous les yeux de ta famille… soit tu te joins à *nous*, et tu payeras ta dette en servant ton pays. »

Avec sa chaussure, il a écrasé son mégot en insistant comme s'il tuait un insecte.

« Officiellement, tu seras déclaré mort… et ta famille pourra faire ton deuil, en tant que héros de la nation, avec les honneurs de la patrie… »

Il m'a défié du regard.

« Pense à ta famille », il a conclu.

J'y ai pensé. Et rien qu'à l'idée de devoir les revoir tous le jour de mon exécution, Bob le borgne Rob l'estropié ma mère la pouffe Marylin la peste Lou et sa connerie, j'ai choisi la deuxième option !

9
Centre d'entraînement de la CIA, Camp Peary

Moi qui pensais que savoir récolter de l'eau avec sa pisse était fortiche, c'est rien à côté de ce qu'on vous apprend à faire au Centre d'entraînement de la CIA !

J'étais retourné en Amérique depuis moins d'un mois, et je savais déjà comment bricoler un explosif avec de l'aspirine...

Je l'ignorais à l'époque, mais le type qui m'avait recruté n'était autre que William Colby, le chef de station de la CIA à Saigon. Rien d'étonnant, donc, à ce que ce gars-là n'ait pas été plus ému que ça en sachant que j'avais tué des soldats américains : lui-même, au cours de sa longue carrière, a tapé plutôt fort dans le genre – on découvrira à la fin de la guerre qu'il fut l'initiateur, en août 64, du montage d'une fausse attaque nord-vietnamienne contre un navire de guerre américain. Suite à cette agression fabriquée de toutes pièces, le président Johnson – celui avec les oreilles d'éléphant – avait enfin un prétexte valable pour multiplier par dix le nombre de soldats envoyés, et commencer les bombardements contre le Vietnam du Nord.

Mais ce qui sera le plus grand chef-d'œuvre du maître Colby, et qui m'a prouvé plus tard que cette *chose* trahie par ses yeux n'était pas un mirage, portera le nom de Projet PHOENIX : une vaste opération secrète lancée en 1969, visant à paralyser le Vietnam en détruisant méthodiquement sa colonne vertébrale : enseignants, médecins, cadres... on dénombrera pas moins de trente mille civils victimes de ces *assassinats ciblés*.

Mon sympathique recruteur m'avait fait sortir de prison, séjourner à l'ambassade américaine de Saigon où j'ai redécouvert les joies d'une baignoire, puis accompagné en personne sur le tarmac de l'aérodrome jusqu'à un avion militaire.

Là, au pied de l'appareil, il m'a confié sans un mot à deux hommes qui ne m'adresseraient pas la parole du voyage, avant de me serrer fort la main.

« Travaille bien », il m'a conseillé en souriant des lèvres mais pas des yeux.

Son poing m'a alors brusquement attiré vers lui.

« Mais je te préviens, a-t-il calmement ajouté en guise d'au revoir, à la moindre connerie, je me chargerai personnellement de te planter une balle dans la nuque. »

Ce n'était pas la dernière fois que ma route allait croiser celle de William Colby.

★★★

Vu de l'extérieur, le Camp Peary pouvait vous faire penser à un camp de vacances, avec ses constructions aux toits vert forêt cernés de séquoias et de lacs naturels ; sauf qu'autour de ce complexe de presque quarante kilomètres carrés, il y avait aussi des fils barbelés électrifiés capables de vous griller sur place pour peu que vous y posiez une phalange.

Je me suis installé dans une de ces constructions, qu'on aurait pu prendre, vue de l'intérieur, pour un petit lotissement de chambres d'étudiants ; sauf qu'au lieu de l'algèbre, on enseignait à certains comment tuer un homme avec deux doigts, et au lieu de la géométrie, à d'autres comment détruire un programme informatique en deux minutes.

J'ignorais tout de mes voisins de chambre, puisque nous avions interdiction formelle de dire pourquoi on était là. Je savais juste qu'ils possédaient, tout comme moi, un *don* qu'ils avaient mal utilisé, et qui intéressait la CIA.

Nous n'étions pas surveillés comme des prisonniers, mais le centre devait sans doute son surnom, « la Ferme », au fait que ses résidents y jouissaient des mêmes libertés que des moutons dans un pâturage : ni laisses ni attaches, mais soyez sûrs qu'*on* gardait un œil sur nous pour pas qu'on s'égare.

Chaque recrue suivait un entraînement spécifique avec un instructeur spécialisé dans ce pour quoi la recrue avait été recrutée. Le mien, qui m'avait dit que je pouvais l'appeler Charlie, était un balaise aux cheveux et à la barbe taillés en brosse, capable de tuer n'importe quoi avec n'importe quoi.

Durant les premiers mois, chaque jour, il m'enseigna les rudiments de la chose de façon théorique, tout en me faisant m'exercer sur des mannequins.

Dans un des préfabriqués du camp, on passait de palpitantes journées, moi, Charlie, et un mannequin en caoutchouc que je tuais sans cesse de diverses manières. Une pression par ici coupe la circulation du sang ; un coup par là paralyse les membres... Étonnant de penser que la plupart des gens arrivent à vivre aussi longtemps, avec un corps aussi vulnérable !

Mon travail n'allait donc pas être plus compliqué que ça.

Après tout, je me disais que ce devait être un métier pas pire qu'un autre, alors je m'appliquais à en intégrer les techniques : jour après jour, je maltraitais ce pauvre mannequin, jusqu'à cette fois où Charlie m'a annoncé qu'on allait apprendre les points de pression du cou.

Debout face à moi, il m'a regardé en ordonnant :

« Attrape-moi par le col. »

Je me suis exécuté, et, instantanément, les flancs de ses deux mains, paumes tournées vers le haut, se sont refermés dans un mouvement sec sur mon cou. Et puis le noir pendant que je me sentais tomber, comme si j'étais conscient mais paralysé.

Sans affolement, Charlie s'est agenouillé près de moi, m'a croisé les jambes et les bras, et m'a redressé en me massant la nuque tout en y assénant de petites claques.

« Secoue la tête si tu peux respirer », il a dit.

Une fois que j'ai réussi à secouer la tête, il m'a exposé le programme des jours suivants :

« La leçon sera finie lorsque tu auras réussi à me faire la même chose. »

Et vu que son cou à lui, on aurait dit celui d'un bœuf, la leçon a été longue à assimiler.

Un matin, Charlie m'a déclaré qu'on allait passer aux travaux pratiques.

Il m'a emmené devant une autre construction du centre, plus petite que celle où je logeais. Au niveau de la porte, vers le bas, se trouvait une fine ouverture. Charlie m'a fait signe de regarder à travers. C'était une pièce vide avec au milieu, un mastoc debout les bras croisés.

« C'est qui ? » j'ai demandé à Charlie.

« Un prisonnier, activiste communiste. On en a quelques-uns sur place pour s'entraîner... »

Le gars avait l'air déterminé.

« Si c'est lui qui ressort vivant de cette pièce, on le relâchera », a précisé Charlie en sortant son chronomètre de sa poche ; et il m'a fait signe d'entrer tout en l'activant.

2 minutes 37.

C'est le temps que ça m'a pris.

En 1972, le *Virginia Gazette* a rapporté que certains occupants du Camp Peary y avaient été entraînés pour devenir des assassins ; la CIA a répondu que c'était absurde, et que jamais personne ici n'avait été entraîné ou utilisé comme assassin.

Mes fesses.

10
Première mission

Dans une voiture bleue garée au pied d'un immeuble, je poireautais depuis des heures en attendant qu'un type veuille bien rentrer chez lui...

Quelques jours plus tôt, après avoir réussi mon examen de passage et avant d'être jeté dans le bain, j'avais été présenté à Richard Helms en personne, le directeur de la CIA.

Il m'a reçu, seul, dans un baraquement du camp qui contenait seulement un bureau et deux chaises vides.

« Il paraît que vous êtes une recrue particulièrement satisfaisante », il a dit en me souriant.

Costard-cravate impeccable, silhouette svelte et cheveux brillants coiffés en arrière, regard assuré. Il a pris ma paume droite dans la sienne avant de refermer sa main gauche sur le dos de ma main ; et, en serrant le tout avec une légère secousse :

« Je crois que vous avez eu le plaisir de rencontrer le chef de la station du Vietnam ?... »

En effet, j'avais eu le plaisir de papoter avec William Colby ; et si ce dernier misait sur la terreur pour se faire entendre, celui que j'avais en face jouait plutôt la carte de la séduction pour mettre ses interlocuteurs dans sa poche. Et il en connaissait un rayon, sur comment parler aux gens : en 1975, on découvrira que Richard Helms avait supervisé, pendant plus de vingt ans, un grand projet secret de recherche financé par la CIA qui avait pour but « d'explorer toute possibilité de manipulation mentale ».

Sans me quitter des yeux, il s'est assis et m'a poliment invité à l'imiter. Il m'a expliqué combien l'Agence avait de la chance d'être tombée sur moi, confié que les cas comme le mien étaient rares, précieux, et assuré que j'allais *nous* être d'une aide inestimable...

« Il y a quelque chose que je sais sur les hommes, mon garçon, c'est qu'ils sont tous prêts à mourir pour quelque chose... mais les hommes tels que vous sont les plus dangereux de tous, car vous êtes prêts à mourir pour rien du tout. »

S'il le disait.

De sa poche, Helms a ensuite sorti un papier soigneusement plié qu'il a fait glisser sur la table.

C'était un certificat de décès, celui du soldat immatriculé : 17 132 1577, BRADLEY, ROBERT, B POS, PROTESTANT.

Ce que je me suis dit en le voyant, c'est qu'une copie devait sûrement être encadrée au-dessus du comptoir d'un bar d'une ville perdue.

« Bien ! a repris Helms d'un ton soudainement enjoué. D'après ce que je sais, vous n'avez pas votre permis de conduire… »

Pas besoin, j'ai pensé comme ça, chez les Bradley, on a la conduite dans le sang.

« Je vous transmuterai le document dans quelques jours, Charlie se chargera de vous donner les leçons, au volant de *votre* Dodge ! »

Il a déposé bruyamment des clefs sur la table.

« Vous allez avoir besoin, pour effectuer vos missions, de vous déplacer souvent… je sais que les garçons de votre âge préfèrent les Mustang, il a ajouté avec une pointe de regret, mais notre métier impose la discrétion… »

Après m'avoir serré la main en m'affirmant qu'une grande aventure commençait, il m'a poliment fait signe de le devancer pour sortir.

« Au fait, il a ajouté comme s'il avait oublié quelque chose, voulez-vous laisser à nos services le soin de vous choisir un nouveau nom ou avez-vous une idée ? »

« Un nouveau nom ? » j'ai dit.

« Oui, votre nouvelle identité. »

J'y croyais pas ! Un nouveau nom, j'allais avoir un nouveau nom !

« Alors ? » il a demandé.

« Là, tout de suite, j'ai pas d'idée… est-ce que je peux y réfléchir ? »

Il a souri comme un papa-poule qui accorde un caprice à son enfant.

« C'est d'accord, mais pas trop longtemps. »

Garé au volant de ma Dodge bleue, donc, j'attendais. Sur mon permis de conduire, il y avait écrit *Melchior Pouldman*. Je m'étais creusé la tête et au final, je dois dire que j'étais plutôt content ; pas parce que je trouvais que ça sonnait bien, mais parce que je défiais quiconque sur Terre de s'appeler comme ça à part moi !

En plus, dans la brillante carrière qui m'attendait au *Bradley's and son*, j'étais condamné à rester au même endroit, tous les jours ; alors que la CIA m'offrait la possibilité d'être toujours ailleurs.

J'avais quitté le camp tôt le matin. Pas de costard-cravate pour moi mais des vêtements « ordinaires », fournis par l'accessoiriste – laquelle avait eu pour consigne de me constituer la garde-robe de quelqu'un que personne ne regarde. Ça tombait bien, j'avais la tête de l'emploi.

On m'avait longuement montré la photo du type pour que je mémorise son visage, je ne savais pas ce qu'on lui reprochait, je n'étais pas armé, mais j'ai attendu en bas de chez lui, des heures, et quand je l'ai enfin vu débouler au coin de la rue, je l'ai suivi dans l'immeuble.

Charlie n'était pas là pour le chronométrer, mais ça n'avait pas duré plus de 3 minutes.
J'ai ensuite repris la route pour rejoindre le camp. Bien sûr que j'aurais pu m'enfuir, mais pour aller où ?

★★★

La mission suivante ressemblait à la première, qui ressemblait à celle d'après. À vrai dire, elles étaient toutes un peu pareilles ; toutes, sauf une.
Avant de me la présenter, l'agent chargé de me donner mes instructions a pris un air particulièrement préoccupé.
« C'est un dossier spécial », il m'a prévenu en le posant devant moi.
J'ai jeté un œil dessus ; comme d'hab, la photo d'un gars que je connaissais pas.
« En quoi il est spécial ? » j'ai demandé.
« En ceci qu'il travaille pour *nous*. »
En effet, c'était spécial.
Francis Olsen était un scientifique en charge de travaux secrets dont il n'était pas nécessaire que je prenne connaissance ; ce que je devais savoir, en revanche,

c'était que le bonhomme avait, de source sûre, « viré sa cuti côté cocos », et qu'il avait déjà livré des renseignements précieux aux Soviétiques, lesquels étaient peut-être sur le point d'obtenir l'arme bactériologique, mais l'agent en avait déjà trop dit.

Ma mission : trouver Francis Olsen à l'hôtel new-yorkais où il résiderait la semaine prochaine, et faire en sorte qu'il ne puisse plus donner la moindre information à *l'ennemi.*

« En toute discrétion », m'a précisé l'agent.

Quelques jours plus tard, je prenais l'ascenseur d'un hôtel new-yorkais.

Concernant le côté logistique de la chose, la CIA n'avait pas eu à se décarcasser outre mesure : une chambre m'avait été réservée au même étage que *la cible.*

Pour l'occasion, l'accessoiriste avait troqué ma tenue ordinaire contre un costume de soie beige, histoire de pas paraître louche aux yeux de la réception chic.

Après avoir déposé ma valise-accessoire dans la chambre dorée et rouge, je me suis assis sur le lit moelleux, j'ai commandé un hamburger et des sodas, et j'ai attendu le milieu de la nuit...

Avec précaution, j'ai foulé le tapis rouge et doré qui traversait le couloir désert. Une fois devant la porte d'Olsen, j'allais m'appliquer à la forcer avec discrétion, quand je me suis aperçu qu'elle était déjà ouverte. Je l'ai poussée doucement et j'ai vu une faible lumière, celle d'une lampe de chevet qui, posée sur un grand bureau, éclairait un homme occupé à rédiger quelque chose.

« Je sais qui vous êtes et ce que vous faites ici », il a dit comme ça ; et, sans lever les yeux :

« Je ne suis pas fou, il a ajouté, je savais pertinemment que l'agence finirait par connaître mes agissements… mais j'ai fait ce que j'avais à faire. Je ne regrette rien. Et si la mort est le prix à payer pour avoir aidé ma cause, alors je le paye. »

Il continuait à griffonner comme si de rien n'était.

« Mais pas question de vous laisser m'avoir pour autant… »

De la main gauche, et sans cesser d'écrire de l'autre, il a calmement posé un revolver près de lui.

« Je connais le fonctionnement de l'agence, je sais que vous n'êtes pas armé. »

Il a levé les yeux pour la première fois en pointant l'arme sur moi.

« Restez où vous êtes… La CIA aura peut-être ma mort, mais c'est moi qui me la donnerai ! »

Il a jeté un œil à la fenêtre grande ouverte.

« Le communisme vaincra ! » a affirmé Olsen en se levant.

« Attendez », je lui ai dit.

Il m'a regardé d'un air de défi.

« Si vous faites un pas vers moi, je tire. »

« Non, je l'ai rassuré, c'est OK pour vous jeter par la fenêtre. Juste, je voulais vous poser une question... »

Tant qu'à faire, ce type pouvait peut-être m'aider à éclaircir quelque chose.

« Je vous écoute », il a dit, méfiant et légèrement agacé, tout en restant sur ses gardes.

« C'est quoi exactement, le truc avec le capitalisme et le communisme ?... »

Silence.

« J'veux dire, qu'est-ce qui fait qu'on préfère l'un à l'autre ? »

Mais peut-être a-t-il cru qu'il s'agissait d'une manœuvre visant à le distraire : il a eu un rire bref et s'est détourné sans prendre la peine de me répondre.

« Vous ne m'aurez pas !!! » il a gueulé d'un coup en courant ; et il s'est balancé par la fenêtre.

Je suis rentré dans ma chambre. Une minute plus tard, j'entendais les sirènes d'une ambulance qui venait pour rien.

Officiellement, l'éminent scientifique Francis Olsen avait mis fin à ses jours.

Après avoir confessé dans le détail son identité d'agent double, il n'aurait pas trouvé le courage de se suicider avec sa propre arme, et aurait finalement sauté par sa fenêtre.

Plus tard, un jour que je croiserais Richard Helms en visite au Camp Peary, il me dirait avec un clin d'œil complice :

« Excellent mon garçon, le coup du suicide ! »

11
USSR

Et ça a continué.

Au bout d'un moment, comme j'avais accompli avec succès un bon nombre de missions un peu partout dans le pays, on a décidé de m'accorder une « promotion »…

Dans une des petites constructions du Camp, toujours aussi sommairement meublée, j'ai reçu les détails de cette mission nouvelle.

Cette fois, Richard Helms ne s'était pas déplacé. Je n'ai eu droit qu'à l'adjoint du chef de station de la CIA en URSS, son chef étant sur place. La CIA possède une station dans la capitale de chaque pays qu'elle supervise ; l'antenne de Moscou y était surveillée de près par les Russes et ne comptait qu'une dizaine d'officiers, aucun ne pouvait agir, il fallait donc envoyer quelqu'un d'extérieur, qui ne devait en aucun cas entrer en contact avec eux, afin d'accomplir une mission « de la plus haute importance ».

L'adjoint portait le classique costard-cravate, sauf qu'il flottait dedans, et son cou était tellement fin qu'on aurait dit celui d'un poulet. Des tas de documents étaient étalés sur la table ; et le gars, avec l'air sérieux que requérait la mission, me reluquait comme si ma tête ne lui revenait pas.

« Bien… Officier, il a commencé en s'éclaircissant la voix, saviez-vous que si de nos jours vous envoyez une lettre en URSS, elle sera ouverte par nos services, photocopiée, puis réintroduite dans son enveloppe d'origine avant de quitter le sol américain ? »

« Je connais personne qu'habite là-bas », j'ai répondu.

Ignorant ma remarque, il a indiqué une pile de feuilles sur la table.

« Ceci est la correspondance de deux jeunes hommes. Un… »

« En tout cas, je l'ai coupé, vot' truc doit demander un boulot dingue ! »

Visiblement, j'avais réussi à l'agacer.

« Officier ! il a dit en haussant légèrement la voix. Vous devez m'écouter jusqu'au bout et focaliser votre attention sur l'important ! »

Silence.

« Et puis, même s'il y en avait un million par jour, des lettres envoyées en URSS, on mobiliserait le personnel nécessaire pour faire ce boulot ! Vu ? »

« Vu... »

Il s'est recalmé tout en resserrant le nœud de sa cravate qui n'en avait pas besoin.

« Bien... Donc, durant ces cinq derniers mois, un étudiant américain du nom de Michael Simmons a échangé régulièrement des lettres avec un dénommé Viktor Tarasov. Ces deux guignols se sont rencontrés à l'Université de Chicago, il y a deux ans. »

D'une enveloppe, il a sorti deux grandes photos et les a posées devant moi : celle d'un garçon maigre aux cheveux châtains bouclés qui portait de grosses lunettes de vue, et une autre d'un blond baraqué à barbichette et joues roses.

« Celui-ci est Simmons, il a dit en plantant l'index sur le frisé bigleux. Vingt-deux ans, famille classe moyenne, père représentant en assurance et mère au foyer... à première vue, rien d'anormal... Seulement, depuis que son copain Tarasov est rentré en URSS, ces deux-là s'échangent des courriers étranges... »

« Quel genre ? » j'ai demandé comme ça.

Il m'a regardé méchamment comme pour dire que mes questions, je pouvais me les garder.

« Du genre qui ne plaît pas à la CIA ! »

Silence.

« Un de nos agents s'est occupé d'analyser les lettres… ces rigolos les ont codées avec un cryptage qu'on apprend aux apprentis espions dans les BD ! Ce sont des amateurs. »

« Pourquoi qu'on s'intéresse à eux, alors ? »

Une petite veine de son cou a gonflé et s'est mise à palpiter sous la peau.

« Officier, vous allez m'écouter attentivement, et sans m'interrompre une seule fois, OK ? »

« OK… »

« Bien… Dans leurs lettres, Michael Simmons et Viktor Tarasov parlent d'un *club*, situé ici, en Amérique. Apparemment, c'est Tarasov qui en serait à l'origine… il a dû embobiner des étudiants comme Simmons avec ses idées communistes à la con… »

L'adjoint m'a tendu des documents.

« Tarasov a été inscrit dans plusieurs facultés américaines ; on ne sait pas combien d'étudiants font partie de cette organisation, ni *qui* ils sont… »

Il avait insisté sur le mot « qui » avec un regard entendu, et j'ai compris que ma mission serait de le savoir ; mais comme j'avais interdiction de l'ouvrir, je me la suis bouclée.

« Dans le dernier courrier envoyé par Tarasov à Simmons, il lui annonce son retour aux États-Unis, en tant qu'étudiant une nouvelle fois, et précise que "le carnet rouge" est en sécurité, chez lui à Taroussa – c'est une petite ville à cent kilomètres de Moscou. Des recherches administratives ont été effectuées, Tarasov habite une maison communautaire avec sa sœur et d'autres activistes, leur nombre n'est pas constant. »

Il s'est arrêté un court moment pour reprendre son souffle.

« Nous avons des raisons de croire que ce carnet contient les noms d'étudiants américains qui ont rallié la cause communiste. Étant donné que notre antenne de Moscou est étroitement surveillée par le KGB, nous devons envoyer un officier à partir d'ici, qui entrera sur le territoire non armé, sous une identité civile, de façon officielle, et qui sera en charge, sans aide extérieure, de récupérer le carnet au domicile de Tarasov. »

Silence.

« Monsieur Richard Helms pense que vous êtes capable de mener à bien cette mission. Nous nous fions à son jugement. »

Il a semblé soulagé d'avoir fini son exposé sans que je le coupe une seule fois.

« Vous vous demandez peut-être, officier, comment vous allez pouvoir fouiller un logement dont on ne connaît pas précisément le nombre d'occupants, ni la fréquence de leurs allées et venues ? »

En effet, cette question pouvait effleurer l'esprit.

« Eh bien, vous allez y loger », il a conclu avec la satis-faction du premier de la classe qui a bien fait ses devoirs.

L'adjoint m'a ensuite expliqué que j'allais entrer en URSS sous l'identité de Michael Simmons, et que je serais accueilli là-bas par la sœur de Viktor Tarasov et ses amis.

Où était le vrai Simmons ? Arrêté et emprisonné par la CIA, alors qu'il était allé chercher son ami russe à l'aéroport, lequel avait été coffré aussi ; et malgré les interrogatoires tout à fait « persuasifs » auxquels ils avaient eu droit, aucun n'avait lâché le moindre nom – ils niaient farouchement les faits qui leur étaient reprochés.

La CIA, grâce à un copiste, avait alors entamé une correspondance avec Natalia, la sœur de Viktor, en se faisant passer pour Simmons – un Simmons qui l'in-formait de l'arrestation de son frère, et lui confiait son désir de fuir les États-Unis avant que les services secrets ne fassent le lien entre lui et Viktor.

La sœur, bouleversée, avait répondu que l'ami américain de son frère était le bienvenu.

« Des questions ? » m'a demandé mon interlocuteur, apparemment très satisfait de la minutie avec laquelle l'opération était menée.

« Je lui ressemble pas, j'ai dit, au type. »

« Ils ne l'ont jamais vu. Autre chose ? »

« Eh bien… je pars quand ? »

En soi c'était plutôt une bonne nouvelle : je commençais à avoir l'impression de tourner en rond en Amérique ; dans un sens, puis dans l'autre.

Le gars a croisé les bras.

« Officier, rappelez-vous que ceci n'est pas une simple mission d'élimination, mais d'*infiltration* : aussi, avant de partir, vous devrez apprendre à être crédible en tant qu'étudiant sympathisant communiste. Et en tant que… personne ordinaire. Un nouvel instructeur commencera votre formation dès demain. »

Ordinaire ? Personnellement je m'étais jamais trouvé si bizarre… Si être ordinaire, ça voulait dire être comme tous les autres, alors j'avais rien d'extraordinaire à Franklin Grove ; avec ma *tare*, j'étais pas plus taré que les autres.

★★★

L'instructeur était en fait une instructrice.

« Tu peux m'appeler Charlie », elle m'a dit sur un ton neutre ; et c'était assez drôle de penser qu'elle devait m'apprendre à ressembler à une personne normale, vu qu'elle-même tenait plus du robot que de l'humain, arborant une seule et unique expression : neutre ; s'exprimant sur un seul et unique ton : neutre.

Charlie n'était pas franchement rigolote, mais avec elle, je pouvais enfin demander tout ce que je voulais sur le communisme et le capitalisme, et elle me répondait. Pendant des heures et des heures, avec des détails, des images et des dessins, elle me répondait.

À force, je suis vite devenu incollable sur le communisme et le capitalisme – mais je pouvais pas pour autant dire pourquoi les gens préféraient l'un à l'autre.

Après ça, Charlie m'a expliqué que si je venais à être interrogé par le KGB, et qu'ils découvraient ma *faculté*, c'en serait fini de moi ; voilà pourquoi elle allait m'apprendre à avoir peur, tout du moins à en avoir l'air.

Et c'est comme ça que j'ai découvert que le fameux élément que je n'avais pas identifié, lors de l'expertise psychiatrique à Saigon, était la peur ; la réponse correcte à la planche qui représentait cette femme en haut de l'escalier était : « Elle a peur de descendre » ou encore « Quelqu'un en bas lui fait peur. »

Mais c'était apparemment plus compliqué que ça, puisque j'allais m'apercevoir qu'il existe plusieurs types de peur et différentes façons d'y réagir selon les situations :

– Peur par surprise : se produit lorsqu'il arrive une chose à laquelle le sujet ne s'attend pas, comme quand quelqu'un tire une balle en l'air ou vous balance son briquet en métal au visage. Réaction attendue : sursaut immédiat du sujet.

– Peur de l'inconnu : se produit lorsque le sujet ne sait pas ce qui l'attend, comme quand vous marchez dans une forêt infestée de prédateurs. Réaction attendue : panique progressive du sujet.

Et ainsi de suite.

Dans tous les cas, je devais m'employer à écarquiller les yeux proportionnellement à l'ampleur supposée du danger, déglutir de façon répétitive et, en cas de « frayeur » extrême, suivre des yeux un papillon fou imaginaire.

Ce que je ne pouvais bien sûr pas imiter, c'était l'accélération des battements du cœur et de l'activité hormonale, qui provoque le dégagement d'une odeur et l'hyperactivité du système sudatif, créant ce qu'on appelle *l'odeur de la peur* – celle-là même dont l'absence, chez moi, faisait que je passais inaperçu au nez de mes prédateurs.

« Enfin, a conclu Charlie d'une voix neutre, une peur intense peut provoquer le relâchement des muscles du bassin, induisant une fuite urinaire ou fécale. Mais ce n'est pas si courant. »

Va raconter ça à Ray-Raymond !

Ça a parfois du bon, de pas être une personne ordinaire.

12
Nasdrovia !

Pour ne pas attirer l'attention des autorités américaines, auxquelles la CIA ne communiquait pour ainsi
dire que dalle, on m'avait juste remis un billet pour
Londres ; c'est seulement une fois là-bas que j'en ai
pris un pour Moscou. En revanche, quel que soit l'endroit d'où je venais, impossible de ne pas attirer l'attention des autorités soviétiques avec un passeport
américain…

J'avais été briefé, on avait simulé des interrogatoires : l'étudiant Michael Simmons avait une
réponse claire et cohérente à chaque question qu'on
pouvait lui poser sur sa venue en URSS, tout en se
montrant un brin hésitant quelquefois, ou encore présentant un air légèrement effrayé, approprié à la situation.

Le problème en arrivant à Moscou, ç'a pas été les autorités ; le problème, c'était le froid. En sortant de l'aéroport, vous entrez en fait dans un congélateur géant à l'intérieur duquel se trouve une ville. Il caille tellement que la seule chose dont vous avez envie, c'est de vous blottir dans un coin et de vous mettre à pleurer.

Mais c'est pas ce que j'ai fait, puisque, plus loin, m'attendait une fille courtaude aux yeux inquiets qui me faisait signe de la main. À part la barbichette, c'était son frère tout craché, corps mastoc surmonté d'une paire de joues roses.

« Natalia Vladimirovna », j'ai dit en la prenant sans effusion dans mes bras.

C'était comme ça qu'on disait bonjour là-bas. Charlie m'avait appris deux-trois trucs sur la Russie, notamment ces histoires de noms ; le « Vladimirovna », ça voulait dire que Natalia était la fille d'un Vladimir – et pour les fils, on ajoutait un « itch » à la fin. Si j'avais été russe, pour moi ç'aurait été *Robert Roberovitch*.

Le gars qui l'accompagnait, un gnome qui portait une chapka et un manteau trop grand, vraisemblablement son compagnon, m'a ouvert ses bras.

Il s'appelait Dimitri Anatolievitch, et il vous disait ça comme s'il annonçait une tragédie.

Seule Natalia parlait grossièrement l'anglais. Elle m'a demandé des nouvelles de Victor Vladimirovitch, j'ai répondu qu'il était vivant – même si j'imaginais qu'il devait probablement servir de travaux pratiques au Camp Peary.

Dans une camionnette cabossée qui m'a rappelé des souvenirs, nous avons parcouru la centaine de kilomètres qui nous séparaient de Taroussa – en trois heures.

Le bon côté des choses, c'était que comme la voiture était toute petite, qu'on était collés tous les trois à l'avant et que mon nouveau camarade n'arrêtait pas de gueuler des chants russes en s'agitant, on y était quand même au chaud.

En s'essuyant la bouche avec le dos de la main, Dimitri m'a tendu sa bouteille de vodka sans étiquette et recouverte d'empreintes de doigts ; ça donnait pas franchement envie, mais j'aurais été capable d'avaler de l'essence pour peu que ça me réchauffe ! Alors j'ai laissé couler une rasade dans ma gorge, et rien que la brûlure de l'alcool faisait déjà du bien.

À part le blizzard, on n'y voyait rien par la fenêtre.

Quand la voiture s'est arrêtée en hoquetant, on en est sortis pour entrer dans un congélateur blanc qui contenait des arbres et une petite baraque, le tout recouvert de neige solide.

La maison communautaire était en fait un joyeux rassemblement de jeunes à différents degrés d'alcoolisation ; si c'était ça, des *activistes communistes*, alors le communisme avait du souci à se faire !

On m'a de nouveau pris dans des bras, dit des noms compliqués que j'oubliais aussitôt, et Natalia m'a indiqué un mètre carré de la pièce qu'on avait apparemment vidé à mon attention.

Je me suis assis à même le sol.

« Pour toi », a lancé Natalia en me donnant une couverture en laine.

Je me suis emmitouflé dedans, près d'un joufflu qui tenait une bouteille tout aussi alléchante que celle de Dimitri. Ce truc était carrément infect, mais le froid l'était encore plus.

« Nasdrovia ! » il a dit en me la tendant.

« Nasdrovia » j'ai répondu en l'attrapant.

« Nasdrovia ! » ont suivi les autres en m'accompagnant, et on a tous bu un coup ; à cet instant, perdu entre eux, j'aurais sans doute dû me dire que dégotter un petit carnet dans ce grand bordel allait être coton… mais c'était le dernier de mes soucis.

J'avais un mois pour tenter d'accomplir ma mission ; une fois ce délai écoulé, que je l'aie réussie ou non, je recevrais une lettre de ma « mère » – à qui j'avais laissé, avec la permission de Natalia, l'adresse au cas où –, m'informant que la maladie de mon père s'était aggravée et que je devais rentrer au plus vite. En attendant, j'étais censé chercher, trouver puis cacher ce foutu carnet dans la doublure invisible de mon sac de voyage…

Premier réveil : première et dernière tentative d'effectuer ma mission.

Quand j'ai ouvert les yeux, j'ai eu l'impression qu'un tambour me jouait dans le crâne, et ma bouche était tellement sèche que je sentais l'intérieur de mes joues comme du carton. J'avais apparemment dormi à l'endroit où, la veille, je m'étais assis, acceptant toutes les gorgées qu'on m'avait offertes à tour de bras. La dernière chose dont je me souvenais, c'était de Dimitri et ses compagnons, soit une quinzaine de paires de joues rouges enflammées, qui chantaient à pleins poumons en levant leurs verres et leurs poings.

Après m'être redressé, j'ai aperçu Natalia, seule réveillée, installée à une petite table au fond de la pièce.

Je me suis levé péniblement, puis j'ai enjambé les corps qui m'entouraient tout en jetant un œil à droite à gauche, à travers le brouillard blafard qui me voilait la vue ; voilà, ç'a été ça, ma première et dernière tentative d'effectuer ma mission.

Natalia m'a adressé un léger sourire de ses lèvres toutes séchées. Elle épluchait des pommes de terre avant de les découper en dés, qu'elle faisait frire dans une grande marmite d'huile – laquelle servirait ensuite de chauffage.

« Croquettes », elle a dit doucement en me tendant une assiette qui en contenait des fumantes.

J'ai pris la chaise face à Natalia et une poignée de croquettes qui m'a brûlé la main ; mais toute sensation de chaleur était bonne à prendre.

Je lui ai fait signe que je voulais boire.

« Pas vodka, j'ai précisé. Eau. »

Elle m'a regardé boire en souriant. J'ai ensuite fourré les croquettes dans ma bouche.

« C'est très bon », j'ai dit.

« Viktor aime beaucoup… » elle a répondu en baissant le regard.

Elle s'est alors mise à pleurer comme si elle épluchait des oignons. Doucement et sans faire de bruit.

Je savais pas quoi dire.

Elle a pris mes mains dans les siennes et les a serrées.

« Lui vivant ? » elle m'a demandé dans les yeux.

« Je sais pas », j'ai avoué.

Sur son visage, j'ai cru voir quelque chose qui ressemblait à de la peur, mais aucune de celles qu'on m'avait appris à reproduire.

Elle a encore serré mes mains avant de les relâcher, et elle s'est essuyé les paupières et le coin des yeux.

Avec un sourire forcé, elle s'est remise à éplucher les pommes de terre ; j'ai proposé de l'aider et on est restés là, en silence, avec la friture pour chauffage.

Les autres ont fini par émerger lentement.

Ça a échangé des accolades, bu dans des bouteilles sans étiquette et mangé des croquettes. Et puis c'est reparti pour une journée de chants vodkaïsés.

Pareil pour le lendemain, et le surlendemain.

Parfois, sous l'effet de l'alcool, je pensais qu'il suffisait à la CIA de ne pas envoyer cette lettre pour que je passe le reste de mes jours comme ça… Et pourquoi pas ? j'me disais en avalant une gorgée pour faire passer mon hoquet.

Une nuit, alors qu'on dormait, un boucan pas croyable nous a réveillés ; quelqu'un tapait comme un fou contre la porte.

C'était un homme, le visage brûlé par le froid, il tenait dans ses bras une petite fille enroulée dans une couverture, ses cheveux tout mouillés par la fièvre.

Les autres semblaient le connaître. Ils se sont précipités vers lui. Haletant, les yeux brillants, il s'est mis à expliquer quelque chose entre deux souffles. Sur son visage, j'ai reconnu la même peur que j'avais vue sur celui de Natalia.

Rapidement, Natalia a pris la petite dans ses bras tout en ordonnant quelque chose à Dimitri ; celui-ci s'est précipité pour aller chercher les clefs de la camionnette et s'est dirigé vers la porte. Mais il n'est pas sorti, regardant avec interrogation Natalia, qui s'était soudain gelée, changée en glace par ce qu'elle venait de découvrir.

La petite fille était morte.

Le père continuait de s'agiter, ne comprenant pas ou ne voulant pas comprendre pourquoi les autres ne bougeaient plus.

Natalia lui a dit quelque chose en désignant l'enfant.

Il a fait non de la tête, et ses yeux se sont mis à briller encore plus, comme s'il transpirait de l'intérieur.

« Anastasia », il a sangloté en la remuant par les épaules pour la réveiller.

« Anastasia », il a recommencé tandis que ses yeux fondaient comme des glaçons au feu.

Et puis il est tombé à genoux, comme un taureau achevé.

« Anastasia » ; il continuait de pleurer, la tête contre le sol.

Quand il a relevé son visage, on ne lisait dessus que de la souffrance – la peur avait disparu.

J'ai alors compris qu'en fait, tout comme Natalia, il n'avait pas eu peur de quelque chose, mais peur pour quelqu'un.

★★★

Dans une maison communautaire, à part les beu-
veries communes, il y a aussi les tâches communes.

Ce jour-là, j'étais de corvée de patates avec Dimitri
Anatolievitch.

Assis face à moi à la petite table, tout en épluchant
sa pomme de terre de temps en temps, Dimitri me
racontait quelque chose en gesticulant, manquant à
chaque fois de me balafrer avec son canif rouillé.

Il a conclu son histoire en se marrant la bouche
grande ouverte.

« Je comprends rien à ce que tu racontes », je lui ai
dit.

Apparemment, c'était réciproque.

« No comprendo », j'ai articulé.

Il m'a considéré avec des yeux ronds, avant de se tourner vers Natalia qui, assise derrière lui sur une couverture, en tricotait une autre. Et lorsqu'elle a
répondu à la question qu'il lui avait posée, le gars s'est
marré de plus belle.

« No comprendo ! » il a répété, avec son accent à couper au couteau.

Tandis qu'il nous regardait tour à tour, hilare,
Natalia et moi, elle lui a fait remarquer quelque chose ;
j'ai pas compris de quoi il s'agissait quand Dimitri s'est

levé en me tapant dans le dos comme pour me dire de le suivre ; mais, une minute plus tard, quand il m'a mis une hache dans les mains, j'ai pigé qu'on était de corvée de bois...

Après avoir ouvert la porte du congélateur, on est entrés dedans.

Y avait pas de vent, il neigeait pas, c'était comme une grande sécheresse de neige.

On s'est enfoncés dans la forêt blanche.

De l'index, Dimitri a pointé un arbre au tronc énorme ; je trouvais l'entreprise un peu ambitieuse.

« Pourquoi pas celui-là ? » j'ai dit en montrant un arbre plus fin.

En réponse, j'ai reçu un non catégorique de la tête ; et on a fini par s'entendre sur une taille intermédiaire.

Le premier coup de hache que j'ai donné a failli me faire tomber à la renverse, tellement que le froid, il avait rendu le bois dur comme de l'acier.

Dimitri s'est marré un coup puis, expert, il en a donné un qui a fissuré sa cible. J'ai visé pile dedans pour l'élargir, ce que mon collègue a semblé apprécier.

Et on s'est mis à taper, chacun son tour, tandis que de la poussière de neige piégée par les feuilles nous tombait dessus.

Alors que je tenais fermement le manche de ma hache, je me suis dit que, avec le couteau pour les pommes de terre, j'avais jamais été autant armé pendant une mission ; pourtant j'avais tué personne.

« J'ai jamais été autant armé pendant une mission, j'ai gueulé à Dimitri, pourtant j'ai tué personne ! »

Il s'est mis à se marrer.

« No comprendo, qu'il disait en donnant des coups de hache. No comprendo ! »

Quand on est venus à bout du tronc, on a regardé l'arbre lentement s'affaisser. Dimitri s'est essuyé la sueur chaude qui faisait des sillons sur son visage givré, et il a sorti une bouteille de vodka.

« Nasdrovia ! » il a dit avant de boire un coup.

Il me l'a tendue.

« Nasdrovia ! » j'ai répondu en l'imitant.

Ça au moins, je comprenais.

On s'est remis à la tâche pour couper l'arbre à la naissance des branches ; et puis on a porté le tronc chacun d'un bout, et on a repris le chemin de la maison.

Pendant qu'on marchait, mon compagnon s'est lancé dans une nouvelle histoire…

Dimitri Anatolievitch était sans doute le meilleur copain qu'on puisse avoir. Comme personne vous comprend jamais vraiment, autant avoir affaire à quelqu'un qui vous comprend pas du tout ; ça évite les malentendus.

Au bout d'un mois, la lettre de *ma mère* a fini par arriver.

J'aurais dû être content d'avoir à quitter cet enfer de glace, mais en fait… pas tant que ça.

Dans le congélateur à l'intérieur duquel se trouvait l'entrée de l'aéroport de Moscou, Natalia, les yeux voilés d'une pellicule humide, m'a tendu un petit paquet refermé par une ficelle, et Dimitri m'a offert une bouteille toute neuve de sa vodka sans étiquette. Je les ai remerciés en pensant qu'à défaut du carnet, je pourrais toujours offrir à Maman des croquettes et de la vodka russe…

Des sillons brûlants traversaient les joues roses de Natalia, mais ce n'était pas de la sueur.

« Toi, frère », elle m'a dit en me serrant dans ses bras ; pas comme on serre pour dire bonjour.

Je l'ai serrée à mon tour.

« No comprendo ! » a dit Dimitri.

On a ri tous les trois. Et je suis sorti du congélateur.

Pour le retour, passer par Londres n'aurait servi à rien : étant donné que j'étais entré en URSS de façon officielle, l'ambassade américaine avait été informée du fait qu'un de ses ressortissants se trouvait sur le territoire ; comme la procédure le voulait, elle en avait avisé les autorités américaines, qui avaient pour obligation de transmettre ce genre d'information à la CIA, laquelle se chargerait de me récupérer dès ma descente d'avion, pour me conduire dans ses locaux et procéder à mon interrogatoire. Retour à l'expéditeur.

Dans la salle où j'attendais l'embarquement, je me suis quand même demandé comment l'adjoint au cou de poulet, et aussi Richard Helms et les Charlie, allaient prendre l'échec de ma mission... Tout en songeant à ça, j'ai bu quelques gorgées au goulot et, voulant les accompagner de croquettes, j'ai ouvert le paquet.

Bon sang...

La chance, cette salope qui ne m'avait jamais souri, venait de me rouler une galoche monumentale : c'était le foutu carnet rouge !

J'aurais dû m'en réjouir, me dire : « Agent Melchior Pouldman, t'es le plus fort ! » Après tout, j'étais venu ici pour ça. Mais je l'ai juste fourré dans la doublure de mon sac en me disant que ça aurait au moins l'avantage de m'éviter des emmerdes.

Une fois que l'avion a décollé et après quelques rasades, j'ai voulu tout de même jeter un œil au contenu du carnet...

Cette salope de chance venait en fait de me jouer un sacré tour de cochon : le carnet ne contenait aucun nom, mais le journal un peu salace d'un amoureux transi... Il y était bien question d'un *Club*, sauf qu'il s'agissait en fait d'un bar gay clandestin.

★★★

Après vérification et relecture du « cryptage » de la correspondance de Simmons et Tarasov sous un nouvel angle, il s'est avéré qu'il s'agissait effectivement de deux amants qui cherchaient à garder secrète leur relation.

La CIA avait financé cette opération pendant des mois, mobilisant plusieurs officiers spécialisés, pour découvrir au final qu'un communiste avait enculé un capitaliste.

13
Projet CALIX

Début 1969. On dénombre plus de cent cinquante mille soldats morts au Vietnam, pareil du côté de « l'ennemi », mais le conflit ne semble pas pour autant près de trouver sa fin.

Aux États-Unis, des centaines de milliers de personnes défilent contre la guerre, occupent les campus des universités, défient la police dans des affrontements violents.

Des jeunes détruisent leurs papiers militaires, fuient au Canada pour échapper à la guerre… Mohamed Ali en personne refuse de servir dans l'armée. Si un type capable de prendre sur la gueule pendant douze rounds sans broncher refuse d'y aller, alors qui le voudrait ? Des activistes américains anti-guerre commencent à organiser, au péril de leur vie, des attentats contre des installations militaires. Ces gens-là refusaient d'aller mourir à la guerre, et pour ça ils étaient prêts à mourir ; paraît qu'on est tous prêts à mourir pour quelque chose.

***

Après mon retour d'URSS, j'avais reçu une lettre signée Richard Helms, dans laquelle il me félicitait de la *réussite de ma mission*. « Malgré les erreurs d'appréciation inhérentes au travail de la CIA, votre mission était de récupérer ce carnet et de le rapporter sur le sol américain, ce que vous avez accompli avec succès. »

L'adjoint au cou de poulet, lui, avait été limogé de ses fonctions et muté vigile au Camp Peary, pour une durée indéterminée.

Cette lettre, si c'était lui qui l'avait reçue, le gars l'aurait sans doute encadrée… mais moi j'en avais un peu rien à foutre. À dire vrai, je l'aurais même échangée contre une gorgée de vodka froide accompagnée d'une chaude accolade.

Un matin, j'ai été convoqué pour l'exposition d'une nouvelle mission d'infiltration…

Décor habituel : une table, des documents, deux chaises, un type en costard-cravate. Sauf que pour celui-ci, il le boudinait un peu.

Et contrairement aux autres agents, le gars avait l'air plutôt détendu ; j'irais pas jusqu'à dire « cool », mais il paraissait assez tranquille, assis là à mâchouiller un cigare éteint.

« Seymour Philipsson, il s'est présenté en me tendant la main. Chargé des missions internes. »

Seymour Philipsson… Probable qu'un nom pareil, il se l'était choisi lui-même !

Seymour était content de faire ma connaissance, il avait entendu beaucoup de bien à mon sujet, et il pensait que j'étais celui qu'il fallait pour intégrer un projet de grande envergure : le projet CALIX.

Tout en m'expliquant de quoi il s'agissait, Seymour me montrait des photos.

« Regardez-moi un peu ça », il marmonnait, le cigare humide coincé entre les dents.

Ça, c'étaient des jeunes gens comme j'en voyais dans la rue lorsque je sortais du Camp, aux cheveux longs et aux vêtements amples et colorés.

Au beau milieu d'un champ du comté de Sullivan, m'a expliqué Seymour, se trouvait une ferme autour de laquelle s'étaient établies des caravanes ; une véritable communauté, composée d'une cinquantaine de personnes, vivait là en se nourrissant des produits cultivés ; sauf que la CIA avait de bonnes raisons de croire que certains étaient liés à des réseaux d'activistes anti-guerre…

« Lui, a dit Seymour en posant l'index sur un blond au nez fin et à la mèche épaisse, Montgomery, Bryan, vingt-cinq ans, c'est à sa famille qu'appartient la ferme... »

Je devais infiltrer cette communauté, récolter un maximum de renseignements sur chacun des membres, et surveiller les comportements suspects. Cette fois-ci, c'était une mission à long terme – il me faudrait juste, une fois par mois, prendre contact avec l'Agence pour rendre mon rapport détaillé.

D'un sac en cuir posé au pied de sa chaise, Seymour a sorti un appareil photo professionnel qu'il a posé sur la table.

« Ça nous sera utile, prenez-en le maximum... »

Officiellement, je serais un photographe marginal, qui sillonne l'Amérique au volant d'un van, immortalisant les arbres, les fleurs et les oiseaux, et qui subsiste en vendant ses portraits, ainsi que l'huile de chanvre rapportée d'un voyage en Inde.

Seymour a tapoté l'appareil.

« Un instructeur va vous apprendre à vous en servir. Il vous enseignera aussi tout ce que vous devez savoir sur le mode de vie de ces *hippies*... »

Enfin, je devais savoir que nous serions en étroite connexion avec le chef de station de l'Agence au Vietnam, un certain William Colby.

« Des questions ? » il a dit en mâchouillant son cigare.
J'allais pas lui faire l'affront de demander comment
j'étais censé infiltrer cette communauté ; j'imaginais
que la CIA s'était chargée des moindres détails…

Et de fait : en temps voulu, Bryan Montgomery serait
appréhendé par le shérif du comté de Sullivan pour
possession de marijuana – et quelques jours avant
d'être relâché, il aurait un nouveau compagnon de cellule : Melchior Pouldman. Pour le reste, tout avait été
pensé pour rendre les deux compères copains comme
cochons.

★★★

Mon nouvel instructeur, un bonhomme moustachu
nommé Charlie, est arrivé à notre premier cours avec
une mallette qui contenait un tourne-disque et une
dizaine de vinyles.

La matinée, c'était cours de culture Hippie.

« Le but, m'a expliqué Charlie, c'est que vous en
sachiez assez sur le sujet pour faire croire que vous
l'avez vécu, mais pas suffisamment pour faire penser
que vous l'avez étudié. »

Et il me répétait une série de préceptes que j'étais censé
assimiler, mais sans les apprendre par cœur. Le tout
rythmé au son des albums des Beatles, des Doors, Jefferson Airplaine ou encore Canned Heat.

– *Vivre avec d'autres à travers des rapports authentiques et avec le moins de contraintes possible.*

– *Vivre dans une communauté rurale en étroite relation avec le milieu urbain, les autres communautés, les voisins, etc.*

– *Vivre d'une activité agricole mais aussi de tout ce que l'on voudra.*

– *Avoir une responsabilité collective.*

– *Mener une éducation non directive des enfants.*

– *Vivre en liberté sexuelle complète.*

– *Contester les bases de la société dont nous fuyons les aliénations, l'hypocrisie, l'isolement, la misère et l'ennui.*

L'après-midi, on allait autour des lacs de la forêt du Camp. Là, on prenait des tas de photos, qu'on développait ensuite dans une chambre noire artisanale.

J'ai par la suite eu droit à plusieurs séances avec l'accessoiriste, laquelle devait à présent me trouver une *identité vestimentaire*… Fini mes tenues ordinaires, donc.

« Il ne faut pas trop en faire pour autant, elle m'a prévenu avec un regard prudent, ne surtout pas brouiller votre image de loup solitaire… »

Ma mission nécessitait en effet que je puisse m'éclipser de temps à autre sans que ça paraisse louche.

« Je sais ! » elle a gloussé lors de notre dernière entrevue, comme frappée d'une illumination.

Après avoir fouillé dans sa malle, elle en a sorti un foulard usé qu'elle m'a négligemment posé autour du cou.

« Ça fait voyageur mystérieux, vous ne trouvez pas ? »
Sûr, j'étais méconnaissable.

À la fin de mon instruction, Charlie m'a mis en garde
contre les différentes drogues qui pouvaient circuler
dans une communauté de hippies. Il n'était pas question que mon jugement soit altéré, même quelques
heures, par l'usage d'un quelconque stupéfiant ; sans
compter que le LSD, dont on ne savait pas évaluer l'action précise sur le cerveau, pouvait avoir des effets sur
mon précieux *don* – mieux valait ne prendre aucun
risque.
C'est sûr que côté drogue, la CIA en connaît un
rayon : en 1975 sera révélé au grand public le projet
MK-ULTRA – des millions de dollars dépensés par
la CIA pour expérimenter les effets du LSD. Militaires,
prisonniers, prostituées, malades mentaux... Il est
impossible de dire avec précision combien de ces sujets
non-volontaires ont été concernés, Richard Helms
ayant ordonné la destruction des archives du projet.

14
L'autre ferme

Après m'être fait arrêter sur une petite route du comté de Sullivan pour excès de vitesse et refus d'obtempérer, j'ai été jeté dans une cellule où dormait un grand blond comme seule l'Amérique rurale sait en construire, avec un cou de cheval et des traits de femme.

Il a pas dit un mot en me voyant, moi non plus. D'après Charlie, je ne devais en aucun cas le brusquer, mais le laisser venir à moi ; et c'est ce qu'il a fini par faire…

Alors qu'on bouffait les haricots rouges en conserve offerts par le shérif, Bryan m'a demandé ce que je foutais là.

« C'est pas tes oignons », j'ai répondu en avalant.

Les amitiés les plus solides ne se bâtissent pas sur une fondation mielleuse. Dixit un Charlie.

« Relax, mec, il a fait en mâchant, c'était juste pour faire la conversation… »

« J'aime mieux pas », j'ai ronchonné.

Le lendemain, quand le shérif nous a apporté une petite miche de pain à chacun et un verre d'eau en guise de petit déjeuner, j'ai regardé le tout avec dépit.

« Hey, shérif ! On pourrait pas avoir du café ?! »

« Prends ce qu'on te donne et fais pas la fine bouche ! »

« Merde quoi ! Du café, c'est pas comme si j'vous demandais des cookies chauds et du lait frais ! »

Le shérif n'a même pas pris la peine de me répondre, et il s'est barré en me lançant un regard mauvais.

Pour être du même clan, il suffit d'avoir un ennemi commun. Dixit un autre Charlie.

Bryan a mordu dans sa miche.

« J'payerais cher pour des cookies et du lait ! » il a dit en mastiquant avec difficulté le pain rassis.

« Tu l'as dit ! » j'ai fait.

Silence.

« Esscuz' pour hier », j'ai dit comme ça.

« T'inquiète, mec, on a tous nos mauvais jours… »

Le soir même, on avait oublié le lait pour rêver d'une bouteille de whisky, et Bryan m'a avoué qu'il l'accompagnerait bien d'un p'tit joint…

« Si seulement on était dans mon van… » j'ai soufflé.

Il a paru intéressé.

« Tu connais l'huile de haschich ? j'ai chuchoté. J'ai
apporté ça de mon voyage en Inde… Sur une cigarette,
t'étales juste une couche avec un petit pinceau, t'attends que le tabac absorbe, et à toi la défonce ! »

Ses yeux se sont mis à briller.

« J'en ai plus d'un litre dans mon van, j'ai continué,
dans mon bidon d'huile de moteur… ce connard de
shérif l'a même pas regardé pendant sa fouille ! »

Alors on s'est mis d'accord pour, une fois dehors,
se faire un trip ensemble ; en plus on adorait tous les
deux *White Rabbit* de Jefferson Airplane !

Bryan m'a même proposé de garer mon van dans
le champ de sa ferme, autant de temps que je le voudrais. Comme il sortait trois jours avant moi, il a
offert de venir me chercher pour me montrer la
route.

Et le jour de ma sortie, il m'attendait en compagnie
d'un jeune barbu joyeux, dans un combo Volkswagen
à la carrosserie couverte de fleurs peintes.

★★★

La ferme était en fait un joyeux rassemblement de
jeunes à différents degrés de défonce ; si c'était ça, des

activistes anti-guerre, alors la guerre avait de beaux jours devant elle !

J'ai garé mon van dans un emplacement que m'a indiqué Bryan.

« Hey, il a interpellé les autres, c'est le gars dont j'vous ai parlé ! »

Ils se sont approchés comme des gosses qui attendent le marchand de glaces, et après des présentations sommaires, je leur ai montré mon bidon d'huile, et chacun est venu avec sa cigarette recevoir une petite couche de pinceau. Quelques bouffées, et en route pour les nuages !

La CIA ne lésine pas sur la qualité de ses produits, c'est au moins une chose qu'on peut lui reconnaître. Et tant que ce bidon serait plein, j'étais assuré de pouvoir rester ici.

Cigarette à la bouche, Bryan m'a fait faire le tour du propriétaire. De jeunes enfants couraient tout nus dans l'herbe et, dans un tonneau à vin rempli d'eau qui faisait office d'évier en plein air, *Elle* faisait la vaisselle…

Flots de cheveux blond foncé coulant jusqu'à une taille fine, elle portait un ruban blanc autour de la tête.

« C'est Melly ! a dit Bryan en lui envoyant un baiser. Ma p'tite sœur ! »

Elle m'a donné un sourire en guise de bonjour, j'aurais voulu rester mais mon guide m'entraînait déjà voir le potager.

Le soir, on s'est tous réunis sur des draps étendus au milieu du champ, on a mangé des fruits, et le barbu joyeux, guitare en main, a entonné les premières notes de *White Rabbit*.

Bryan m'a tendu une bouteille de whisky avec un clin d'œil ; je l'ai attrapée avec joie. C'était pas du pipeau, quand je lui avais dit que j'en avais envie, j'appréciais vraiment ça, la picole – sans doute un rapport avec mon séjour soviétique... et aussi à un héritage génétique.

J'ai fini par m'allonger dans l'herbe, bercé par des voix au débit ralenti...

« L'amour de l'autre, le pardon... Si on y pense bien, Jésus était le premier hippie... »

« En plus, il avait le look, tu vois », a fait remarquer une fille.

« Et il avait l'air d'être sous acides ! »

J'ai entendu des rires. À un moment, j'ai senti un liquide chaud couler le long de ma jambe ; je me suis redressé sur les coudes. Avec un grand sourire, un bambin blond frisé était en train de me pisser dessus... Une frisée blonde aux dents du bonheur s'est approchée ; vraisemblablement sa mère. On aurait pu s'attendre à ce qu'elle le réprimande, au moins un peu, mais elle s'est contentée d'une caresse dans les cheveux. Visiblement, on pratiquait ici à la lettre *l'éducation non directive des enfants*.

« Je vais te le laver », elle a proposé en indiquant mon pantalon ; et, avant que j'aie pu dire un mot, elle me l'a déboutonné et enlevé, tout en me tâtant ici et là sous les yeux de son compagnon, qui ne semblait rien trouver à y redire – apparemment, on pratiquait aussi *la liberté sexuelle complète*.

★★★

Je me suis réveillé à l'arrière de mon van, sur le matelas qui me servait de lit. J'entendais un bruit sourd et répété provenant de l'extérieur.

J'ai ouvert la portière, et je suis tombé nez à nez avec Melly, debout et entourée de plusieurs pots de peinture.

« Bonjour », j'ai dit.

« Ton van manque de couleur, ça ne t'embête pas ? »

Il y avait quelque chose de très *lent* dans son sourire, un sourire qui ne s'effaçait jamais tout à fait, se nuançant simplement selon les phrases qu'elle prononçait.

J'ai refermé la portière derrière moi et découvert une fresque de fleurs colorées.

« Ça m'embête pas… »

« Il y a du café, du lait, des gâteaux et des fruits à l'intérieur de la maison… »

« J'peux rien avaler pour le moment », j'ai dit, toujours pas habitué aux lendemains de cuite.

Elle m'a tendu la gourde en peau brune qu'elle portait en bandoulière.

J'ai tout avalé d'un coup, c'était frais et bon.

« C'est quoi ce goût ? » j'ai demandé en me léchant les lèvres.

« De la menthe et du sucre de canne. »

« C'est extra ! »

Je l'ai regardée se remettre à l'ouvrage.

« Tu veux te joindre à moi ? » elle a proposé en indiquant un pinceau qui trempait dans de l'eau.

Moi et le dessin, c'était comme avec la lecture : on n'était pas vraiment copains. Mais j'ai quand même accepté.

J'ai plongé le bout de mon pinceau dans le pot vert, avant de me lancer laborieusement dans la réalisation d'une tige…

« *Melly* c'est pour Melinda ? » j'ai demandé comme ça.

« Non, elle a répondu, pour Mélancolie. »

« Ah… Tes parents t'ont appelée Mélancolie ? »

Elle a ri comme si j'avais dit quelque chose d'idiot.

« Je me suis appelée comme ça toute seule. »

On a peint un moment en silence.

« Pourquoi tu t'es appelée comme ça ? » j'ai demandé tout en m'attaquant au feuillage.

Avec son pinceau, elle a redessiné le contour d'une de mes feuilles qui ressemblait à rien.

« Eh bien… les fleurs que je préfère, ce sont les ancolies, de couleur bleue, qui sont l'emblème de la mélancolie… Et puis c'est un sentiment que je trouve beau… un poète français a dit : *La mélancolie, c'est le bonheur d'être triste*, c'est beau tu ne trouves pas ? »

Déjà que j'avais du mal avec une émotion toute simple comme la peur, celle-ci était un peu trop compliquée pour moi.

« Je crois que j'ai jamais ressenti ça », j'ai dit.

Elle m'a dévisagé avec un peu d'amusement.

« Tu peux te choisir un nouveau prénom, toi aussi. »

« Bibow », j'ai dit doucement ; je sais pas pourquoi, mais j'avais envie de l'entendre dans sa bouche.

« Bibow… elle a répété, l'air pensive, c'est joli, ça fait penser à rainbow… »

Elle m'a regardé.

« Alors bienvenue parmi nous, Bibow. »

15
Orange Sunshine & Blue Kisses

Les journées suivantes, je les ai passées à boire, écouter de la musique sur l'herbe et fumer de l'herbe sur de la musique. Et à contempler le sourire d'une fille.

C'est à contrecœur que, un matin, je leur ai annoncé que je devais aller à New York, qui était à deux heures de route de la ferme, pour rendre visite à mon père malade.

« Reviens-nous vite, Bibow ! » on m'a crié pendant que mon van s'éloignait.

Dans le rétro, j'ai vu le champ devenir de plus en plus petit, et pour la première fois en quittant un endroit, j'avais envie d'y retourner.

Le Camp Peary se trouvant à plus de 700 km du comté de Sullivan, Seymour avait décrété que nos rendez-vous se tiendraient dans le parking souterrain d'un immeuble new-yorkais, où il m'attendrait tous les premiers du mois. Le bureau où il travaillait était tout près de là, mais il avait dit que le parking était plus sûr, *au cas où je me ferais suivre*. Je ne voyais pas bien par qui j'aurais pu me faire suivre – la CIA n'est jamais trop prudente.

Garé dans une voiture noire, un cigare éteint coincé entre les dents, Seymour Philipsson m'attendait à l'endroit indiqué.

J'ai stationné mon van à côté et je suis allé le rejoindre.

Dépité.

Je crois que c'est le mot le plus juste pour décrire l'état de Seymour face au néant informatif que j'avais récolté.

« Ils doivent se méfier de toi, a-t-il finalement conclu en démarrant son moteur. Retournes-y, fais-toi oublier, et garde l'œil sur tout. »

Je suis sorti de sa voiture.

« Et essaie de prendre des photos valables ! » il a dit par la fenêtre, pas convaincu par les quelques clichés sans importance que je lui avais apportés.

Faut dire qu'à l'arrière de mon van, qui me servait de chambre noire, je développais essentiellement les photos d'un certain sourire...

Avant de reprendre la route direction Sullivan, je me suis arrêté chez un fleuriste.

« Bonjour, j'ai dit, je voudrais un bouquet d'ancolies. »

Le bonhomme aux sourcils buissonneux a toisé ma dégaine d'un drôle d'air.

« Si c'est un machin pour vous droguer, j'vends pas de ça ici ! »

« Pas du tout m'sieur, c'est des fleurs… bleues. »

Il m'a regardé d'un air suspicieux sans rien dire. J'ai ajouté comme si c'était une évidence :

« L'emblème de la mélancolie, quoi ! »

« Va jouer ailleurs, petit », il a grogné en me tournant le dos.

Y a des balles qui se perdent.

De retour à la ferme, j'avais à peine garé mon van à son emplacement que les autres, apparemment enchantés de me voir revenu, se sont approchés en meute pour recevoir une couche d'huile sur leurs cigarettes.

J'en ai imbibé une à un gars qui m'a dit merci, au suivant pareil et, derrière lui, j'ai vu le visage de Melly.

« Tu en veux une ? » je lui ai proposé.

« Comment va ton père ? » elle m'a demandé.

J'ai pas su répondre. Pas parce que cette histoire était fausse, j'étais briefé à inventer des réponses à la demande ; mais c'était la première fois que quelqu'un s'intéressait à moi.

★★★

Un après-midi, alors que chaque habitant de la ferme faisait ce que bon lui semblait, Bryan, sourire aux lèvres, présentait le nouvel arrivant, un certain Ronald de San Francisco que les autres étaient apparemment enchantés de revoir ; et de fait, ce brun ébouriffé aux rouflaquettes fournies apportait avec lui une quantité non négligeable d'*Orange Sunshine*, la crème des acides…

Tel un tonton qui revient d'un long voyage, Ronald a embrassé le front de chacun, avant de lui remettre la précieuse petite pilule orange. Aussitôt posée sur la langue, et en route vers le soleil !

Pour ma part, j'étais à l'arrière du van avec Melly. Dans le noir atténué par la faible lumière rouge de la lampe inactinique, je la regardais plonger une photo dans la solution révélatrice et voir, émerveillée comme à chaque fois, lentement apparaître l'image qu'elle avait prise…

« Hep ! » a fait la voix de Bryan tandis qu'il tapait sur la portière.

J'ai écarté les petits rideaux des fenêtres arrière du van, et découvert le marchand de soleil aux rouflaquettes fournies.

Et une heure plus tard…

« Tu es si magnifique, Melly, regarde cette lumière dans tes cheveux… »

« Bibow… Rainbow… Rainbow… Bibow… » elle répétait d'une voix musicale, comme si elle avait des arcs-en-ciel dans les yeux.

« Oh, Melly… » je disais en prenant son visage dans mes mains, posant mes lèvres sur ses cheveux dont s'écoulait une lumière blonde.

Je me suis mis à lui embrasser les tempes, les joues, le cou…

Elle a passé par-dessus ses épaules la robe fine qu'elle portait. Une idée pénible m'a arrêté dans mon élan.

« Et si je manquais quelque chose, Melly ? j'ai dit, catastrophé. Et si je manquais un centimètre de toi ? »

Je ne savais pas pourquoi, mais j'avais l'impression que si ça arrivait, je ne m'en remettrais jamais.

Du regard, elle a cherché le pot de peinture avec lequel, quelques jours avant, elle avait dessiné des fleurs d'ancolies sur le plafond intérieur du van. Elle a plongé l'index dans la peinture bleue, avant de m'en appliquer sur les lèvres…

Alors j'ai commencé à l'embrasser, bout par bout pour être sûr de ne rien rater. Dès que la peinture s'estompait, je m'en remettais sur la bouche et je reprenais.

Combien de temps cela a-t-il duré ? Le temps et le
LSD n'ont jamais été bons amis. Je sais seulement l'avoir
vue debout dans l'herbe, entièrement nue et colorée,
les bras ouverts comme si elle voulait prendre le ciel
noir dans ses bras ; je sais qu'elle me souriait, que je
me suis aperçu que ses lèvres n'étaient pas bleues, alors
je me suis collé à elle pour rectifier cet oubli. Et ses yeux
déversaient de la lumière à en oublier la nuit.

16
Un Picasso à Paris

Lors de notre troisième entrevue dans le parking souterrain, Seymour n'avait pas son habituel air tranquille,
et, pour la première fois depuis que je le connaissais,
son cigare était allumé.

Ses yeux étaient craquelés de veinules rouges,
comme si d'intenses réflexions les avaient empêchés
de se fermer depuis des jours.

Assis sur le siège passager de sa voiture à l'arrêt, je
suis resté silencieux.

Apparemment, il se fichait totalement des renseignements insignifiants que je lui apportais. Les
mains crispées sur le volant, il regardait droit devant.
Après avoir pris son souffle avec lenteur, il s'est mis
à parler d'une traite, comme s'il était au confession-
nal.

« Avant de bosser pour la CIA, j'étais à la brigade de lutte contre le trafic des biens culturels… en gros, je me chargeais de retrouver les œuvres d'art volées avant qu'elles puissent être revendues… »

Tel un bon prêtre, j'écoutais sans rien dire. Il a inspiré un coup, la suite n'était pas évidente à sortir.

« J'étais basé à Paris. La brigade était sur un gros coup : un chargement important devait arriver par bateau en provenance de Londres, pour être vendu à des collectionneurs privés… L'opération a été une réussite, on a intercepté le chargement, arrêté les receleurs… »

Ensuite, avec un expert, Seymour avait supervisé l'inventaire : il y en avait pour plus de trente millions de dollars !

« J'ai toujours été irréprochable. Toujours. Mais… au moment de renvoyer le chargement, je… je sais pas ce qui m'a pris… enfin si, tout cet argent… moi qui avais grandi dans une misère… j'en avais le tournis !… J'ai dérobé une petite toile. Elle était pas plus grande qu'une feuille d'écolier, mais c'était un portrait signé Picasso, qui valait un million de dollars à lui seul ! »

Évidemment, Seymour connaissait les gens susceptibles d'être intéressés par ce genre d'acquisition.

« Alors je l'ai vendue, payée cash et sans discussion… »

Lorsque le chargement était arrivé à destination et qu'on s'était aperçu qu'une pièce manquait, la brigade avait été mise sur le coup, mais le Picasso n'avait jamais été retrouvé…

Depuis, un peu par peur et beaucoup par paranoïa, Seymour se tenait au courant de toutes les ventes aux enchères majeures d'œuvres d'art ; or, il y avait quelques jours de ça, il était tombé sur le catalogue d'une vente qui aurait bientôt lieu à Paris et qui proposait, entre autres, le petit Picasso.

Par chance, personne n'avait encore fait le lien, mais la vente ne manquerait pas de faire grand bruit, et Seymour était persuadé que, d'une façon ou d'une autre, on finirait par remonter jusqu'à lui…

Il s'est tourné vers moi.

« J'ai bien sûr entendu parler du carnet que tu as réussi à rapporter, seul et sans armes, de chez des activistes communistes en Russie… »

Seymour pensait donc que j'étais l'homme de la situation, laquelle consistait à aller à Paris, et à récupérer la toile en question chez l'antiquaire où elle se trouvait, avant sa mise aux enchères.

Comment justifier à la CIA mon voyage en France ? Des manifestations importantes y avaient eu lieu au printemps dernier. L'officier Melchior Pouldman, en mission d'infiltration dans une communauté hippie, n'aurait qu'à faire part au chargé des missions internes, Seymour Philipsson, de ses suspicions concernant un complot qui prendrait racine en France, visant à perturber les universités américaines dans le but de créer des manifestations qui paralyseraient le pays ; un voyage sur place s'avérait nécessaire. La commission chargée du budget de la CIA, pas connue pour son avarice, approuverait à coup sûr le financement d'un tel projet, dont les détails logistiques ne poseraient pas de problèmes majeurs. Comment justifier mon absence à mes compagnons ? À son retour à la ferme, Bibow Rainbow n'aurait qu'à informer ses amis que ses photos prises en Inde, envoyées à un concours il y a quelque temps, avaient gagné le premier prix : un voyage à Paris !

Au vu de la précision avec laquelle chaque détail avait été pensé, on comprenait mieux l'air épuisé des yeux de Seymour.

« Tu te demandes peut-être ce que tu aurais à y gagner ? » il a dit d'une voix monocorde.

J'ai pas répondu.

« Eh bien… je sais, pour avoir lu ton dossier, que toi non plus t'as pas grandi dans un château… L'argent, il est toujours à Paris… j'y ai une petite chambre, j'ai fait installer une porte blindée et un coffre… si tu me suis, la moitié est à toi ! »

De sa poche, pour me montrer que c'était pas du bluff, Seymour a sorti une clef et me l'a tendue.

« Tu la prendras, et tu mémoriseras le code du coffre. »

J'ai regardé la clef.

Comme je l'avais entendu un jour dans un bar perdu, *On refuse pas l'argent qui s'offre à vous* ; mais, au-delà de ça, j'avais une autre idée en tête – et ce depuis que Seymour avait évoqué la ville où devait se dérouler la mission…

J'ai pris la clef.

Qu'est-ce qui lui disait que je n'allais pas prendre tout son fric et partir avec ?

« Rien, il a soufflé, mais j'ai pas le choix. »

★★★

Dans le vol qui reliait New York à Paris, je n'étais pas seul mais accompagné d'une blonde aux lèvres ensoleillées.

J'avais accepté la mission confiée par Seymour à cette seule condition : je devrais y emmener quelqu'un. Officiellement, cette fille servirait à renforcer ma couverture, un couple passe toujours mieux qu'un homme seul. En vrai, je réalisais le rêve de la fille qui dansait dans ma tête…

Melly, qui adorait les poètes français dépressifs, trouvait que Paris était la ville la plus mélancolique qui soit ; et lorsque je lui ai dit que j'y avais gagné un séjour, que je pouvais y emmener une personne avec moi et que je voulais que ce soit elle, son sourire valait bien un Picasso volé.

Dans les rues parisiennes aux pavés arrachés, je tenais la main de Melly comme si elle risquait de s'envoler.

Le lendemain matin de notre arrivée, je lui ai proposé d'aller visiter Montmartre. Là, sur la place, je l'ai confiée à un peintre à béret. J'ai ensuite dit que je le laissais travailler, et que j'allais prendre quelques photos dans les parages en attendant.

Dix minutes plus tard, j'entrais par effraction chez un antiquaire…

Je n'étais certes pas armé, mais j'avais dans la poche un stylo à curare offert par Seymour. Une fois que vous êtes piqué par la pointe de cet accessoire, la substance paralyse vos muscles tout en vous laissant conscient. Votre interrogateur vous donnera alors l'information suivante : dans une minute, cette horrible sensation disparaîtra et une question vous sera posée ; soit vous y répondez, soit une deuxième injection vous sera faite, sauf que celle-ci sera permanente – et vous resterez dans cet état de conscience paralytique à vie, sans même avoir la possibilité de supplier qu'on vous laisse mourir.

En vérité, la seconde injection n'existe pas, elle n'a même jamais eu à être administrée : toutes les expériences effectuées par la CIA prouvent que le sujet préfère répondre à la question plutôt que de subir à nouveau l'effet angoissant du curare.

Dans sa quête d'*élaboration d'un sérum de vérité infaillible*, cette méthode a été testée et approuvée par Richard Helms en personne. Si tout le monde est prêt à mourir pour quelque chose, personne n'est prêt à souffrir pour toujours.

Et l'antiquaire, surpris dans son travail par un inconnu, n'a pas dérogé à la règle et, à la question « Où est le Picasso ? », il a répondu sans faire d'histoire une fois l'effet du curare passé.

De retour sur la place où Melly se faisait peindre, j'ai pu admirer un chef-d'œuvre de sourire lorsqu'elle a vu ce que j'avais dans les mains : un bouquet bleu de fleurs d'ancolies. On peut reprocher tout ce qu'on veut aux Français, mais rien à leurs fleuristes.

On a quitté Montmartre et, après avoir longtemps marché en se tenant la main comme des amoureux idiots, on s'est assis, avec une bouteille de vin, sur le gazon près de la tour Eiffel.

Melly gardait les yeux en l'air sans pouvoir la quitter.

« Bibow… j'en rêvais quand j'étais petite… »

« J'vois pas bien ce que les gens lui trouvent », j'ai dit en versant le vin dans des gobelets en plastique.

Elle m'a souri en secouant la tête, et on a trinqué.

« Et toi ? elle m'a demandé, tu rêvais à quoi quand tu étais petit ? »

« Rien de particulier... »

« Tous les enfants ont un rêve, Bibow... »

« J'sais pas, j'ai dit en jouant avec le gazon. Peut-être de me trouver ailleurs... »

« Où ça ? »

« Juste ailleurs de là où j'étais... »

« Tu sais ce qu'en dit un poète français ? »

« ... »

« *La vie est un grand hôpital où chaque malade pense qu'il irait mieux dans l'autre lit.* »

J'ai vidé mon verre de vin.

« Ça veut dire que j'étais bien là où je m'trouvais ? On voit que ton poète, il a jamais foutu les pieds dans un patelin nommé Franklin Grove ! »

« Arrête Bibow, elle a ri comme si je la taquinais, tu m'as déjà dit que tu avais grandi chez tes parents à New York. »

Je l'ai regardée dans les yeux.

« Melly, j'ai avoué dans un souffle, je suis un agent de la CIA chargé d'infiltrer la ferme parce qu'on vous soupçonne d'être des activistes susceptibles de nuire au bon déroulement de la guerre du Vietnam. »

Elle s'est mise à rire de plus belle et, tandis que ses bras enlaçaient ma nuque, son corps renversait le mien sur le gazon.

Au-dessus de moi, elle continuait à m'embrasser les lèvres tout en riant. Bon sang ! Lorsque j'étais avec elle, et quel que soit l'endroit, je n'aurais voulu être ailleurs pour rien au monde.

17
Un petit festival de trente mille personnes

Après mon escapade parisienne, la vie a repris son cours et, avec Seymour – même si un accord tacite nous unissait dorénavant –, nous n'évoquions plus cette affaire.

L'argent était resté dans le coffre à Paris, et j'avais reçu de mon « complice » une enveloppe de mille dollars, pour pouvoir y retourner lorsque je voudrais piocher dans ma part.

Un jour qu'on avait rendez-vous dans le parking, je suis monté dans sa voiture comme d'habitude mais, fait inhabituel, il a démarré le moteur.

« On va où ? » j'ai demandé.

« *On* demande à te voir », il a articulé comme s'il voulait me cacher une bonne surprise.

C'était à peine perceptible mais, d'après ce que j'avais appris, je pouvais affirmer avec certitude en observant son visage que quelque chose lui faisait peur.

Après un quart d'heure de route, Seymour a garé la voiture dans le port de Manhattan. Je l'ai ensuite suivi jusqu'à un hors-bord ; pendant qu'il s'installait sur le siège et prenait le volant, je me disais que peut-être, il planifiait de me liquider et de me balancer par-dessus bord...

Après tout, il avait un mobile d'un demi-million de dollars... mais moi j'en avais un qui valait bien plus que ça pour ne pas me laisser faire : quelqu'un qui attendait mon retour.

Finalement, Seymour n'a rien tenté de ce genre, puisqu'il me conduisait en fait dans un porte-avions grand comme un gratte-ciel renversé sur l'eau, transformé en laboratoire géant et posté au large de Manhattan ; le lieu qui abritait les recherches tordues de la CIA.

La plus connue d'entre elles est une opération nommée *Acoustic Kitty*, ce chat qu'on avait voulu utiliser en tant qu'espion en lui implantant un micro dans le ventre, sa queue servant d'antenne, pour écouter ce qui se passait à l'ambassade de Russie aux États-Unis. Le chat avait été équipé et entraîné, le tout pour une vingtaine de millions de dollars ; mais le jour de la mission, à peine lâché dans la rue, *Acoustic Kitty* a été écrasé par un taxi.

Après avoir garé le hors-bord dans un hangar logé à l'intérieur du porte-avions, Seymour m'a guidé jusqu'à un ascenseur. Trois étages plus haut, on a traversé un couloir, avant d'entrer dans un bureau sans fenêtres, où deux vieilles connaissances m'attendaient…

Richard Helms, debout et souriant, s'est approché pour me serrer la main, tandis que William Colby, qui tentait à présent et sans succès de cacher ses yeux de serpent derrière des lunettes fumées, ne s'est pas donné la peine de bouger de sa chaise.

Je l'ignorais alors, mais à cette époque l'un était occupé, avec son projet PHOENIX, à paralyser le Vietnam en assassinant ses cadres un à un, pendant que l'autre, avec son projet MK-ULTRA, cherchait à contrôler l'esprit humain en droguant, à leur insu, des citoyens améri-cains… Et personne me fera croire que ces deux-là se battaient au nom de la liberté ou pour l'intérêt de l'Amé-rique ! La vérité selon moi, c'est que c'étaient juste deux psychopathes qui avaient le pouvoir de faire absolument tout ce qu'ils voulaient.

La première chose que je me suis dite en les voyant dans ce bureau, c'est qu'ils étaient au courant pour Paris, et que Colby n'avait pas hésité à faire le dépla-cement depuis Saigon pour me planter lui-même sa fameuse balle dans la nuque.

Mais il ne s'agissait pas de ça.

En fait, Helms et Colby avaient uni leurs génies maléfiques pour imaginer, au projet CALIX, une fin digne de leurs esprits déglingués...

Alors que Helms, charmant comme toujours, me complimentait sur ma patience et la qualité de mon travail, Colby semblait s'impatienter... Il a attendu la fin d'une phrase de Helms pour entrer dans le vif du sujet.

« Est-ce que tu as entendu parler d'un festival de musique qui est en train de se préparer à Bethel, près de la ville de Woodstock ? »

Non seulement j'en avais entendu parler, mais je projetais d'y aller en compagnie de tous les habitants de la ferme.

Helms a plissé la bouche comme s'il devait annoncer, à regret, une nouvelle qui ne l'enchantait pas.

« Le mouvement hippie est en train de prendre une ampleur que nous n'avions pas envisagée... L'opinion publique se dresse désormais contre la guerre... »

« Et cette guerre est nécessaire », a dit Colby entre ses dents.

« En effet, nécessaire, a renchéri Helms sur le ton d'un candidat politique. C'est pourquoi nous envisageons un acte fort, parlant, qui remettra de l'ordre dans l'esprit du peuple américain... Suivez-moi ! » il a dit soudain avec enthousiasme.

Nous avons emprunté un ascenseur à l'accès sécurisé, qui se déplaçait latéralement. Je sentais Colby dans mon dos, et le rythme de la respiration de Seymour me suffisait à comprendre qu'il aurait pissé dans son froc au premier geste brusque.

Les portes de l'ascenseur se sont ouvertes sur une pièce. Poliment, Helms nous a fait signe de le devancer. C'était une salle d'observation ; un des murs était un grand miroir sans tain, dans lequel j'ai constaté le reflet mort de trouille d'un Seymour qui s'efforçait de le dissimuler. Helms a appuyé sur un interrupteur, et le miroir sans tain s'est lentement éclairci, jusqu'à laisser apparaître, derrière une vitre épaisse de dix centimètres au moins, un des laboratoires du porte-avions. Un scientifique aux yeux bridés, dont le visage était caché derrière un masque de protection, a fait un signe pour répondre à celui de Helms qui lui disait qu'il pouvait y aller.

Devant lui se trouvait un bac aux parois transparentes contenant plusieurs souris. Le scientifique a posé au centre du bac un cube pas plus grand qu'un dé à coudre, et il a refermé le couvercle. Une minute plus tard, les souris se sont mises à brûler en courant dans tous les sens...

« Regardez-moi ça », a murmuré Helms, tandis que Colby, dont l'imagination salivait par avance, dévorait le spectacle des yeux, les lèvres légèrement entrouvertes.

Lorsque la dernière souris est tombée, et après un court silence, Helms s'est tourné vers nous.

« Ce sont des micro-ondes, il a annoncé tel un représentant de commerce. Dans quelques années, chaque foyer sera équipé d'un four capable de chauffer une soupe en quelques secondes ! Les micro-ondes agiteront les molécules d'eau contenues dans la soupe, ce qui produira de la chaleur… Ici, il a ajouté en pointant le bac, ce sont les molécules organiques qui sont agitées, et plus spécifiquement les molécules organiques des mammifères… »

Comme s'il expliquait une recette de cuisine, Helms m'a exposé le protocole final du projet CALIX : durant ce petit festival de trente mille personnes, dont les participants se déclaraient ouvertement anti-guerre, une catastrophe inexpliquée devrait se produire, causant la mort par calcination interne de tout individu se trouvant sur le site de Bethel. L'opinion publique ne pourrait que s'incliner face à ce signe quasi divin, voyant brûler ces hommes qui vivaient comme des bêtes… et l'Amérique pourrait ainsi poursuivre, en toute sérénité, sa lutte contre le communisme.

Après avoir remercié d'un geste le scientifique, Helms a appuyé de nouveau sur l'interrupteur, et la vitre s'est lentement muée en miroir sans tain. Sur mon propre reflet, quelque chose d'imperceptible pour les autres m'a alors surpris : quelque chose que j'avais déjà vu, il y avait longtemps, sur le visage d'une sœur qui craignait pour la vie de son frère, sur celui d'un père qui tremblait pour la vie de sa fille ; j'avais peur pour Melly.

Ma mission consistait, et Helms admettait qu'elle comportait des risques, à emporter un émetteur de micro-ondes avec moi au festival de Woodstock, à le placer sous terre en plein milieu des festivaliers après avoir réglé le début des émissions à 3 heures, puis à retourner m'abriter à l'intérieur du porte-avions, lequel était hermétique aux radiations – comme tous les porte-avions américains depuis Hiroshima.

Les ondes ne pouvaient bien évidemment pas atteindre la ville de New York, mais, dans le doute, mieux valait revenir à temps.

« Des questions ? »

J'ai fait non avec la tête.

★★★

Jeudi 14 août 1969.

Je suis revenu dans l'après-midi de chez mes parents imaginaires, la ferme était en pleins préparatifs de départ : matériel de camping, nourriture, eau, drogues. Tout le nécessaire pour passer un bon festival.

Avec Melly et quelques autres à bord de mon van, j'ai suivi le convoi de véhicules qui se dirigeait vers Bethel.

Mes mains serraient inhabituellement le volant ; des gens allaient mourir, mais je ne pouvais plus revenir en arrière. Ma décision était prise, même si elle impliquait de ne plus jamais revoir Melly. Trois jours, trois jours et je ne la reverrais plus… J'ai senti le bout de ses doigts effleurer mes lèvres, elle venait d'en approcher une cigarette pour me faire tirer une bouffée d'herbes calmantes. J'ai avalé un nuage de fumée en décrispant mes poings et en décidant de ne plus penser à ce qui allait arriver ; profiter simplement de ce temps précieux qu'il me restait à passer avec elle.

À mesure qu'on approchait du site, le trafic ralentissait. Il y aurait visiblement plus de gens que prévu – peut-être le double ou le triple des trente mille annoncés ? Nous étions bien loin, dans nos estimations, du demi-million de personnes finalement présentes à Woodstock…

Un maigrelet au torse nu passait entre les voitures immobiles en nous criant de rempocher nos dix-huit dollars : les barrièrcs et les clôtures avaient été enlevées, le festival était gratuit pour tous.

Il commençait à faire nuit quand, enfin, on a rejoint l'endroit pour planter nos tentes. Malgré le manque flagrant d'organisation, personne ne râlait, aucune dispute, aucune bagarre, rien ; en fait, on voyait bien que *quelque chose* se passait ici. J'veux dire, j'ai jamais été dupe, j'ai toujours pertinemment su que les gens sont des chiens, et que le mec qui donne un coup de main à l'autre avec le sourire sera probablement celui qui, dix ans plus tard, lui grillera la politesse à la station-service ; mais là, pendant trois jours à cet endroit précis sur Terre, les humains sont devenus, pour une des rares fois dans l'histoire de l'humanité, simplement gentils les uns envers les autres.

En tant qu'humain, j'étais pas vraiment un spécimen représentatif, mais force est de reconnaître que cette humeur était communicative.

Le lendemain, assis sur l'herbe et face à la grande scène en bois, on a assisté aux premiers concerts. La tente de Ronald de San Francisco, dont plusieurs amis nous avaient rejoints, ne désemplissait pas. Avec sa langue, Melly a mis une petite pilule orange dans la mienne, et le brûlant soleil d'août a changé de couleur.

Lorsque le groupe Jefferson Airplane a, pour la dernière chanson de la nuit, offert le légendaire *White Rabbit*, une onde musicale lumineuse a envahi la foule, et certains se sont déshabillés pour entrer en communion avec elle.

Quand j'ai ouvert les yeux, il faisait jour, j'étais allongé sur une couverture, des enfants couraient dans l'herbe et Joe Cocker gueulait *Let's Go Get Stoned*...

Melly m'a tendu une gourde de sa potion magique à la menthe et au sucre de canne.

Au-dessus de nos têtes, le ciel menaçait de couler. Alors, sous l'impulsion d'un gars, tout le monde s'est mis à scander « *No Rain !* » en chœur.

No Rain !

No Rain !

Mais il s'est quand même mis à pleuvoir. Et pas qu'un peu.

La pluie a fait fuir pas mal de monde, mais les irréductibles en ont profité pour prendre une douche tombée du ciel avant de se jeter à terre ; dans la boue, et à poil évidemment. C'était à celui qui faisait la plus belle glissade ! Et comme les micros de la scène avaient été coupés, le son des canettes vides entrechoquées rythmait le show.

Quand il s'est arrêté de pleuvoir et que le soleil est réapparu, Melly m'a pris la main. Je l'ai suivie jusqu'à une rivière ; là, en compagnie d'autres, on s'est baignés puis lavés en attrapant un savon passé par le gars ou la fille d'à côté.

C'était tout simple. Si vous en aviez besoin, les gens vous donnaient à manger, à boire, à fumer, leur corps ou simplement un sourire.

De retour à la tente, et comme je voulais sa peau, Melly me l'a donnée et elle a pris la mienne.

Je me suis réveillé sans bruit, c'était l'heure.

Melly dormait ; tout doucement, je l'ai embrassée sur les lèvres dans son sommeil. J'ai ensuite détaillé ses traits une dernière fois, comme pour la peindre dans ma tête. Et je suis parti.

Pendant que je me dirigeais vers mon van, Jimi Hendrix faisait éclater avec sa guitare des bombes au milieu de l'hymne américain.

« Moi aussi, mec, ça me donne envie de pleurer quand j'entends ça », m'a lancé un type que j'ai croisé.

J'ai rien répondu en m'essuyant les yeux.

18
Ça s'est terminé comme ça

À la fin de l'été 1969, la CIA coulera un porte-avions au large de l'Atlantique. Officiellement le bâtiment était vide, mais en réalité il avait été irradié de l'intérieur, au mois d'août, par des micro-ondes qui ne laissèrent aucune chance de survie à ses occupants.

Richard Helms et William Colby ne se trouvaient pas dedans. Le porte-avions était bien étanche aux radiations, d'un côté comme de l'autre, mais, dans le doute, ils avaient probablement préféré quitter New York. Et admirer leur œuvre à travers un poste de télévision. Raté.

Lorsque Seymour m'avait raccompagné au port de Manhattan, j'avais glissé la petite boîte, pas plus grande qu'un paquet de cigarettes, sous le siège de son hors-bord ; puis je lui avais dit au revoir, et il m'avait souhaité bonne chance avant de faire le chemin inverse en vitesse, pressé d'aller se mettre à l'abri dans le porte-avions.

Pas une seconde, pas une seule je n'ai hésité à faire ce que j'ai fait, même si je savais ce que ça allait me coûter.

Après avoir quitté le festival, j'ai pris la direction de l'aéroport ; je savais que la CIA allait vite se rendre compte que j'avais saboté la mission, détruisant par là même une bonne partie de ses recherches – et la CIA n'est pas vraiment connue pour son indulgence.

Je me suis servi des mille dollars offerts par Seymour pour me payer un aller sans retour. Trois heures après avoir laissé Woodstock, j'étais dans l'avion qui venait de quitter New York pour Paris.

Par le hublot, j'ai vu disparaître les États-Unis comme j'avais vu, un jour, disparaître Franklin Grove, mais la satisfaction d'autrefois s'était muée en douleur, la douleur de laisser quelqu'un derrière soi. Bien sûr que j'aurais pu demander à Melly de me suivre, mais pour aller où ?

Passer sa vie à se cacher, c'est pas une vie.

Au bout d'un moment, je ne voyais plus que la mer. Je ne le savais pas encore, mais quelques mois plus tard, un demi-million de personnes afflueraient à Washington, devant la Maison Blanche, pour réclamer le retrait des troupes américaines du Vietnam ;

selon plusieurs observateurs, c'est cette manifestation qui a scellé le sort de la guerre. La plupart des manifestants étaient présents au festival de Woodstock… Quand je disais que j'avais peut-être changé le cours de l'Histoire !

Voilà.
J'ai vivoté quatre années à Paris et puis, en 1973, lorsque William Colby est devenu directeur de la CIA à la place de Richard Helms, j'ai su qu'il mettrait un point d'honneur tout particulier à me retrouver ; alors, j'ai quitté la petite chambre parisienne que j'habitais, en emportant tout ce que je possédais : un million de dollars moins ce que j'avais dépensé en nourriture et alcool depuis quatre ans, et le portrait réalisé par un peintre à béret qui, à mes yeux, valait plus cher qu'un Picasso.

Avec tout cet argent, j'aurais pu faire le tour du monde – dans un sens, puis dans l'autre –, mais mon envie d'ailleurs s'était envolée lorsque j'avais connu Melly ; être sans elle, c'était être nulle part partout.

★★★

Et c'est comme ça que je me suis installé dans cette foutue banlieue anglaise ; avec ses baraques en briques crevassées, son satané ciel délavé, ses usines vides, son froid gris et ses pochtrons rougeauds... Une ville comme y en a des centaines en Angleterre.

Parfois, dans la chambre de mon hôtel à trois sous, quand je contemple le visage de Melly accroché au mur, je suis heureux qu'elle ait pu être sauvée, et, en même temps, je suis triste qu'elle soit pas avec moi... alors je me couche en me disant que c'est peut-être ça, la mélancolie.

19

Ce que j'ai jamais raconté à un poivrot

Comme les tocards à qui je raconte cette histoire s'endorment toujours avant la fin, je vais vous la raconter pour la toute première fois, la fin…

En 1996, ça faisait vingt-cinq piges que j'avais commencé ma carrière d'alcoolo à temps plein.

Entre deux cuites, j'avais eu le temps de gamberger un peu ; par exemple, j'avais fini par capter un truc qui m'avait longtemps travaillé, et ce truc c'est qu'en fait, les gens aiment juste se foutre sur la gueule. Partisan capitaliste ou communiste, fervent catholique ou protestant, hooligan de l'équipe des rouges ou des bleus, peu importe la raison, du moment qu'elle permet de se faire la guerre… J'ai essayé de partager ma trouvaille avec un type le soir même, mais il m'a répondu que tout le monde savait ça.

Bref. Un jour que j'étais dans mon pub pourri, assis sur un tabouret au comptoir, entouré par une dizaine de clients à différents degrés d'alcoolisation, un pochtron s'est vautré d'un coup, badaboum sur le carrelage collant. Tout le monde a sursauté ; sauf moi, et un gars assis à l'autre bout du comptoir. Comme me l'avait appris un vieil ami dans la salle d'une prison vietnamienne, si je ne sursautais pas, c'était parce qu'un truc clochait quelque part dans ma cervelle. Alors dites-moi, quelle est la probabilité pour que deux types assis dans un pub aient exactement le même truc qui cloche dans leurs cerveaux ?

Ce mec était un tueur de la CIA ; William Colby m'avait promis une balle dans la nuque, et apparemment il tenait à ses promesses.

J'ai attendu que tout le monde soit parfaitement bourré pour quitter le pub dans l'indifférence habituelle. Une fois dehors, je me suis mis à tituber en exagérant mes vacillements – je tanguais comme un gamin qu'apprend à marcher ! Le gars qui me suivait devait se dire que ce serait du gâteau.

En bas de la rue où je logeais, il m'a poussé à l'intérieur de l'entrée.

Charlie n'était pas là pour me chronométrer, mais ça a bien duré dix minutes. Le meurtre c'est comme un vélo, ça se rouille avec le temps.

Je l'ai ensuite transporté sur mon dos avant de le balancer dans le canal à côté.

Affaire classée.

De retour dans ma chambre, je me suis dit que les choses n'étaient pas finies pour autant : connaissant Colby, il avait sûrement fait de mon cas une affaire personnelle. Même maintenant qu'il était à la retraite, ce salopard avait le bras long et pas qu'un peu : jamais il me foutrait la paix…

★★★

Dans l'avion qui m'emmenait vers l'aéroport JFK, l'hôtesse me gonflait l'air à m'ignorer royalement. Et c'est avec un sourire grimaçant, à chaque fois, qu'elle finissait quand même par m'apporter mon autre double-whisky, sans doute en se demandant comment un type avec une tête de pochtron pareille pouvait se payer un billet en première classe.

Le problème pour partir, ç'avait pas été le fric ; le problème, ç'avait été le faux passeport – qu'on trouve beaucoup plus difficilement dans la vie qu'au cinéma.

Arrivé à New York, je suis entré dans la première bibliothèque municipale que j'ai trouvée. J'ai lu tous

les articles relatifs à la vie, l'œuvre et les passions de
William Colby. L'un d'eux m'a tout particulièrement
intéressé : on y racontait que, depuis qu'il était à la
retraite, l'ancien directeur de la CIA n'aimait rien tant
que faire du canoë dans sa maison au bord de l'eau,
à Rock Point dans le Maryland...

Le 6 mai 1996, William Colby est retrouvé mort noyé,
après avoir apparemment chuté de son canoë. Bien
que plusieurs questions restées sans réponse aient intri-
gué son entourage, comme le fait qu'il ne portait pas
de gilet de sauvetage ou qu'un repas à peine entamé
se trouvait dans sa cuisine, l'enquête conclura à une
mort accidentelle.

★★★

Au volant de ma voiture, que j'avais choisie bleue,
je me suis dirigé vers le comté de Sullivan. Arrivé
là-bas, j'ai constaté que la ferme que j'avais connue
autrefois s'était transformée en un champ à serre
industrielle. Le nouveau proprio, que j'ai pourtant
poliment questionné, m'a dégagé de là en menaçant
d'appeler la police – y a vraiment des balles qui se
perdent.

Et une heure plus tard, dans une cafétéria où les ser-
veuses de cinquante balais vous appellent *chéri* sans
que vous ayez à les payer pour ça, j'ai trouvé à l'aide

d'un bottin graisseux l'adresse d'un garagiste du nom de Bryan Montgomery.

Le mouvement hippie a fait des victimes, comme tous ces gars défoncés au LSD, perchés trop haut pour redescendre, et qui ont découvert que le monde n'était finalement pas fait d'amour et de fraternité... Des gars comme le garagiste en bleu de travail sale que j'ai retrouvé, et qui avait perdu ses cheveux blonds avec ses illusions.

Je l'ai suivi jusqu'à sa petite maison perdue, où il habitait tout seul avec un chien, et puis le lendemain et le jour d'après, je l'ai de nouveau suivi. Jusqu'au dimanche où, dans la matinée, il a pris sa voiture pour se rendre dans une banlieue aux rues larges et propres, où toutes les jolies maisons se ressemblent, avec le gazon vert taillé net et le break familial garé dans l'allée. Devant une de ces maisons, deux filles blondes d'une douzaine d'années sont sorties pour l'accueillir en lui sautant au cou, tandis qu'un homme à la barbe taillée comme son gazon, qui n'avait même pas pris la peine de quitter son paillasson, le dévisageait avec un mépris évident.

Le mouvement hippie n'a pas fait que des victimes, comme tous ces gens dont les idées libertaires ont fondu, pour épouser celles qu'ils fuyaient alors, des gens comme cette femme aux cheveux coupés en carré doré, pull rose clair et collier de perles, que je contemplais de loin. Mais il y avait quelque chose dans son sourire, tandis qu'elle se dirigeait vers son frère, qui faisait que c'était toujours elle, la Melly d'autrefois.

★★★

Alors que je roulais vers l'aéroport, j'ai finalement pris l'autoroute Lincoln Highway. *La plus ancienne route qui relie le pays d'Est en Ouest.*

Franklin Grove. Son kilomètre carré, ses mille habitants, ses quatre églises pour une seule librairie ; et son fameux bar, le *Bradley's and son*.

Quand je suis entré, on m'a regardé bizarrement, pas parce qu'on m'avait reconnu – après toutes ces années et ma mort officielle ç'aurait été fortiche –, mais parce que j'étais un inconnu ; mais bon, les déformations alcooliques de ces dernières années me donnaient quand même un air de famille, je paraissais pas si suspect.

J'ai pris un tabouret.

« Quesse vous buvez ? » m'a demandé sans entrain la femme forte aux cheveux jaunes délavés, qui cachait ses rides sous une poudre trop claire.

Visiblement, mieux valait mourir jeune pour les Marylin.

« Une bière », j'ai répondu en regardant, au-dessus du comptoir, la photo d'un jeune soldat en uniforme avec écrit en dessous : *Héros mort pour la patrie.*

J'ai été sorti de ma contemplation par ma charmante taulière qui a brusquement plaqué le verre de bière sur le zinc, ce qui en a renversé pas mal. Marylin n'aimait de toute évidence pas beaucoup son job, mais sans doute que la famille n'avait pas vraiment eu le choix niveau employé… À une table était assis un petit vieux, dans une chaise roulante et aveugle des deux yeux, qui vociférait quelque chose à propos de la guerre du Golfe. Un vieil obèse semblait d'accord avec lui, tandis que l'estropié qui les accompagnait restait aussi muet qu'absent – j'apprendrais plus tard qu'il avait viré dépressif depuis que sa femme était partie sans retour avec un amant. Il y avait bien une annonce jaunie, collée au mur, qui disait rechercher un barman, mais les prétendants n'avaient pas dû se bousculer.

Je les ai considérés un à un, en me disant que rien n'avait vraiment changé ici… mais en réalité, si.

Mordant dans un sandwich, un garçon d'une quinzaine d'années est sorti de la cuisine. Il était couleur chocolat au lait.

« Bébert ! lui a crié Marylin, j't'ai déjà dit qu'c'était pour les clients ! »

Apparemment, le libraire qui allait à l'encontre des principes de Dieu était passé par là.

Un autre Robert Bradley était donc venu agrandir la famille et, chose que je pensais impossible, il avait hérité d'un surnom encore plus pourri que le mien.

« Viens par là, Bébert ! lui a gueulé Bob l'aveugle en tapant le sol avec sa canne, que je te parle du Débarquement ! Bientôt ce sera à ton tour ! Saletés d'Irakiens ! »

« J'arrive, granpa ! » a répondu Bébert, en repassant par la cuisine se prendre un autre sandwich.

« Bébert ! » l'a réprimandé sa mère en mettant les poings sur les hanches.

Avec un petit sourire taquin, il a trottiné vers elle avant de murmurer, amusé :

« Donne-moi un soda ou j'dis à granpa que j'suis noir ! »

Et Bébert a eu son soda. Puis il est allé faire semblant d'écouter le vieux raconter ses histoires de guerre, tout en feuilletant un grand livre sur les mers du monde. Ce gamin n'en ferait sûrement aucune, de guerre, parce qu'on a quand même moins de chances d'aller à la guerre lorsqu'on a une librairie sous la main.

« 'Savez où j'pourrais dormir dans le coin ? » j'ai demandé à Marilyn.

« Y a une chambre à louer au-d'ssus. C'est vingt dollars la nuit, payables d'avance. »

« OK », j'ai dit.

Une fois installé dans ma demeure, je suis redescendu à la salle.

J'ai commandé une autre bière.

Avec ses yeux souriants et curieux, mon neveu s'est approché de moi.

« Vous v'nez d'où, m'sieur ? » il m'a demandé en sirotant son soda à la paille.

« D'une chambre au-dessus du bar », je lui ai répondu.

« Pas con ! » a fait remarquer Lou dans un ricanement.

Ma nouvelle consommation m'a été servie avec autant de délicatesse que la première.

« L'annonce tient toujours ? » j'ai questionné ma sœur en indiquant l'affiche.

Et voilà comment ma drôle de vie s'est terminée à l'endroit où elle était censée, derrière le comptoir du *Bradley's and son.*

Directeur de publication : Frédéric Lavabre
Collection dirigée par Tibo Bérard
Maquette : Xavier Vaidis, Claudine Devey

Achevé d'imprimer
sur les presses de l'imprimerie Dupli-print
N° d'édition : 0052
Dépôt légal : 3ᵉ trimestre 2012
ISBN : 978-2-84865-533-8

Imprimé en France